唐诗

彩插注解本

傅野——选注

○

上

广陵书社 · 扬州

图书在版编目（CIP）数据

唐诗 : 彩插注解本 / 傅野选注. -- 扬州 : 广陵书社, 2022.7
ISBN 978-7-5554-1864-1

Ⅰ. ①唐… Ⅱ. ①傅… Ⅲ. ①唐诗－诗集 Ⅳ. ①I222.742

中国版本图书馆CIP数据核字(2022)第082726号

唐诗：彩插注解本
TANGSHI:CAICHA ZHUJIE BEN

傅野　选注

责任编辑　方慧君　　装帧设计　胡星星

出版发行　广陵书社
扬州市四望亭路 2-4 号　邮编 225001
（0514)85228081（总编办）　85228088（发行部）
http://yzglpub.com　E-mail:yzglss@163.com

印　　刷　三河市越阳印务有限公司

开　　本　880mm×1230mm　1/32
字　　数　150 千字
印　　张　11.5
版　　次　2022 年 7 月第 1 版
印　　次　2022 年 7 月第 1 次印刷
书　　号　ISBN 978-7-5554-1864-1
定　　价　128.00 元

前　言

可以这么说，中国是诗的国度，唐诗则是诗歌长河中的一座高峰，至今屹立在中华灿烂的文化之巅。

它在继承了《诗经》、汉魏民歌、乐府传统的基础上，更拓展了形式和风格。它不仅继承了前人的五言、七言古诗，还发展为长篇叙事，同时扩展了五言、七言形式的运用，革新了风格优美整齐的格律诗。它音节和谐，构思精妙，文字精炼，发展到了前所未有的历史高度。

这二百多年间，大唐涌现了一大批雄视千古的诗人，无论是“初唐四杰”，还是盛唐“李杜”，甚至中晚唐的“元白”，他们的情思才华，绝句名章，至今刻印在每一个华夏儿女的内心深处。

凡华人处，皆咏唐诗。可以这么说，唐诗和宋词已经成为我们这个民族生生不息的文化密码，我们今天遇到的人生困惑，皆能在唐诗中找到注解。

现在市面上普及的版本，一般是清朝人蘅塘退士选编的《唐诗三百首》，该书成于乾隆时期，因年代久远，有一定的历史局限性，加之当时这个选本很大程度上是为了给孩童读，故多选浅显易懂之诗。张若虚的《春江花月夜》这样的名篇也未能入选，甚至被称为“诗鬼”的李贺无一首选入。

时代在变化，以今天的眼光看，我们亟需一套更能代表当代审美的唐诗全貌选本，既能让孩子易读、易学、易懂；又能在一定程度上照顾到成年人的阅读兴趣和审美，从而达成建立书香家庭的美好愿望。

鉴于此，我们在历代大家研究成果的基础上，根据唐诗的审美特征，结合当时的历史背景，又考虑到当下的审美趣味，我们以权威的上海辞书出版社出版的《唐诗鉴赏辞典》为参考，辅照《全唐诗》《全唐诗补编》等版本，从上万首唐诗中，精选出近二百首唐诗，加以重新注解、解读。希望给今天的读者一套既权威又经典的唐诗选本。力求别出心裁，再造诗境。

需要说明的是，由于水平有限，不妥之处，敬请方家指正。对于有争议处，我们一般会在正文提出自己的见解，有的则是在作者介绍或注释部分，给出另外一种参考。部分无从考证或无须考证处，则付之阙如。

唐 / 李昭道 / 宫殿图页（局部）

目录

李白

王湾

崔颢

高适

刘长卿

杜甫

近现代 / 黄宾虹 / 芙蓉江馆（局部）

明 / 仇英 / 桃源图卷（局部）

骆宾王（约 638— ？）：

字观光，婺州义乌（今属浙江）人。与王勃、杨炯、卢照邻合称“初唐四杰”。他出身寒微，少有才名，其诗作辞采华赡，格律严谨，一生著作颇丰，长期受到人们的赞誉。

咏蝉

骆宾王

读骆诗，犹观魏碑书体，古拙朴藏，有金石悲歌之音。诗人借蝉自喻，托汉卓文君《白头吟》之典故，以表心志，寄托遥深，然知音难觅，报国无门。

西陆蝉声唱，南冠客思深。
不堪玄鬓影，来对白头吟。
露重飞难进，风多响易沉。
无人信高洁，谁为表予心？

西陆：此指秋天。
南冠：此指囚徒。

明 / 项圣谟 / 花卉十开（局部）

易水送别

骆宾王

慷慨悲歌，寒透彻骨。建安遗风，直耸云霄。“犹寒”二字，既实也虚：实则燕赵之地溯风而上，易水呜咽清冽；虚则感慨壮士一去人亡之孤。

此地别燕丹，壮士发冲冠。
昔时人已没（mò），今日水犹寒。

壮士：此指荆轲。
发冲冠：形容非常愤怒。
没：死掉。

清 / 蒋淑 /　　临蒋廷锡花卉图（局部）

王勃（约 650—676）：

字子安，绛州龙门（今山西河津）人。幼时灵敏，六岁能作诗，被赞为“神童”。他擅长五律和五绝，诗风壮阔明朗、慷慨激越。他的送别诗最为人称道，或气势磅礴，或优美静谧。

送杜少府之任蜀川

王勃

此诗格调清远豪迈。“海内存知己，天涯若比邻。”奇崛雄起，一扫前句低沉，胸襟大开，终尾又散至半空，戛然而止。余情气息渐弱，离别极度伤感之际，突然旋转直上，精神为之一振。尽洗悲凉之风，遂成千古名句。

城阙辅三秦，风烟望五津。

与君离别意，同是宦游人。

海内存知己，天涯若比邻。

无为在歧路，儿女共沾巾。

少府：唐代对县尉官职的称呼。

宦游：远离家乡出外做官。

清 / 朱偁 / 花卉册（局部）

杨炯（650—约 693）：

华阴（今属陕西）人。他博学多才，文采出众，尤擅诗歌。他的作品在内容和艺术风格上以突破齐梁“宫体诗风”为特色，在诗歌发展史上起到承前启后的作用。

从军行

杨炯

唐边塞诗开山之作。尾句怒者之戏语，言不平之声耳。

烽火照西京，心中自不平。

牙璋辞凤阙，铁骑绕龙城。

雪暗凋旗画，风多杂鼓声。

宁为百夫长，胜作一书生。

牙璋：发兵用的兵符，此指出征的将帅。

凤阙：指皇宫。

清 / 蒲华 / 花卉册（局部）

刘希夷（约 651—约 679）：

一名庭芝，字延之，汝州（今属河南临汝）人。其诗以歌行见长，多写闺情，辞意柔婉华丽，且多感伤情调。他的诗题材广泛，语言清新自然，因诗句饱含哲理而成就不衰经典。

代悲白头翁

刘希夷

读此诗，犹当头一棒。人生如梦，盛极而衰。无论是洛阳少女还是白头老翁，都是时间产物，彼此观照，倒让人多了份善意与宽容。

洛阳城东桃李花，飞来飞去落谁家？
洛阳女儿惜颜色，行逢落花长叹息。
今年花落颜色改，明年花开复谁在？
已见松柏摧为薪，更闻桑田变成海。
古人无复洛城东，今人还对落花风。
年年岁岁花相似，岁岁年年人不同。
寄言全盛红颜子，应怜半死白头翁。
此翁白头真可怜，伊昔红颜美少年。
公子王孙芳树下，清歌妙舞落花前。
光禄池台文锦绣，将军楼阁画神仙。
一朝卧病无相识，三春行乐在谁边？
宛转蛾眉能几时？须臾鹤发乱如丝。
但看古来歌舞地，唯有黄昏鸟雀悲。

文：装饰。
宛转蛾眉：代指美人。

明 / 项圣谟 /

秋景图（局部）

清 / 钱维城 / 山水花鸟册（局部）

宋之问（约 656—约 713）：

一名少连，字延清，一说为汾州西河（今山西汾阳）人。他的诗多为歌功颂德之作，文采华丽，流畅自然，对律诗定型颇有影响。

渡汉江

宋之问

欲言又怕，愈怕愈抑。非失意久客他乡之人，难有此复杂之负罪情感也。

岭外音书断，经冬复历春。

近乡情更怯，不敢问来人。

来人：家乡过来的人。

明 / 萧云从 / 山水册（局部）

刘昚虚（shèn）（生卒年不详）：

字全乙，一字挺卿，一说为洪州新吴（今江西奉新）人。他八岁能文，与孟浩然、王昌龄等诗人相友善。他为人淡泊，曾辞官归田，寄意山水，交友多为山僧道侣。

阙题

刘昚虚

行到水穷处，坐看云起时。读此诗，如历四季流转，浑然无痕。世间万物，皆在寻常，怡然成趣。此诗化繁为简，无意境即大意境。

道由白云尽，春与青溪长。

时有落花至，远随流水香。

闲门向山路，深柳读书堂。

幽映每白日，清辉照衣裳。

幽映：阳光映照下的柳荫。

清 / 樊圻 / 兰亭修禊图（局部）

陈子昂（约 659—约 700）：

字伯玉，梓州射洪（今属四川）人。初唐诗文革新人物之一。因曾任右拾遗，后世称他“陈拾遗”。他的诗风骨峥嵘，寓意深远，苍劲有力。

登幽州台歌

陈子昂

旷世悲音，余音绕梁至今。初唐之雄健苍茫，可见一斑。

前不见古人，后不见来者。

念天地之悠悠，独怆然而涕下！

古人：古代的圣明君主。
来者：后世的贤良君主。

清 / 蒲华 / 花卉册（局部）

贺知章（约 659—约 744）:

字季真，晚年自号“四明狂客”“秘书外监”，越州永兴（今浙江杭州萧山）人。他少时以诗文知名，其诗文以绝句见长，写景、抒怀之作风格独特、清新潇洒，为唐诗的发展与繁荣做出了卓越的贡献。

咏柳

贺知章

虚实相间，刚柔相济。诗之别裁，诗人亦似剪刀，精雕细琢，环环相扣。

碧玉妆成一树高，万条垂下绿丝绦。

不知细叶谁裁出，二月春风似剪刀。

回乡偶书二首

贺知章

诗贵含蓄，能蕴藉深意。第一首一、二句写实，近似白话，第三句反主为客，尽藏锋笔。老翁与童子，恍然错位，留下无数遐想，可见不居故土久矣。

其一

少小离家老大回，乡音无改鬓毛衰。
儿童相见不相识，笑问客从何处来。

其二

离别家乡岁月多，近来人事半消磨。
惟有门前镜湖水，春风不改旧时波。

老大：年纪大的时候。
衰：稀疏，稀少。

明 / 项圣谟 / 花卉十开（局部）

清 / 蒲华 / 花卉册（局部）

张若虚（约 660—约 720）：

扬州（今属江苏）人。与贺知章、张旭、包融并称为“吴中四士”。其诗描写细腻，清丽自然，音节和谐，富有情韵，在初唐诗风的转变中有着重要地位。《春江花月夜》为其代表作，享有“孤篇盖全唐”之名。

春江花月夜

张若虚

感而不伤，如梦如幻。诗人为我们创作了一个澄澈又迷离的诗意空间，它跨越了生命哲学的终极追问，成为后世的一个美学范本，至今刻印在我们的情感深处。诗中的众多景物，摇曳多姿。宋人之审美，受此诗影响颇深。清人王闿运言此诗“孤篇横绝，竟成大家”，绝非虚语。

春江潮水连海平，海上明月共潮生。
滟(yàn)滟随波千万里，何处春江无月明。
江流宛转绕芳甸，月照花林皆似霰(xiàn)。
空里流霜不觉飞，汀(tīng)上白沙看不见。
江天一色无纤尘，皎皎空中孤月轮。
江畔何人初见月？江月何年初照人？
人生代代无穷已，江月年年只相似。
不知江月待何人，但见长江送流水。
白云一片去悠悠，青枫浦上不胜愁。

滟滟：形容微波闪耀的样子。
甸：郊外。
霰：飘落的冰粒。
汀：沙滩。

谁家今夜扁舟子？何处相思明月楼？
可怜楼上月徘徊，应照离人妆镜台。
玉户帘中卷不去，捣衣砧(zhēn)上拂还来。
此时相望不相闻，愿逐月华流照君。
鸿雁长飞光不度，鱼龙潜跃水成文。
昨夜闲潭梦落花，可怜春半不还家。
江水流春去欲尽，江潭落月复西斜。
斜月沉沉藏海雾，碣(jié)石潇湘无限路。
不知乘月几人归，落月摇情满江树。

捣衣砧：捣衣服的石头。
相闻：相互通信。
碣石潇湘：此指距离非常遥远。

清 / 郎世宁 / 花鸟图（局部）

清 / 朱儞 / 花卉册（局部）

张说（yuè）（667—730）：

字道济，一字说之，洛阳（今属河南）人。他执掌文坛三十年，成为开元前期一代文宗，与许国公苏颋齐名，号称“燕许大手笔”。

送梁六自洞庭山

张说

此诗雅俗共赏，宛羚羊挂角，敛放自如，倒也别致盎然，竟成气象。实为初唐七绝迈向盛唐开山之诗作。

巴陵一望洞庭秋，日见孤峰水上浮。

闻道神仙不可接，心随湖水共悠悠。

不可接：未能见到。

清 / 朱偁 / 花卉册（局部）

张九龄（678—740）：

字子寿，又名博物，韶州曲江（今属广东）人，为“开元之治”作出了积极贡献，被誉为“岭南第一人”。他积极发展五言诗，诗风清淡，对扫除唐初所沿袭的六朝绮靡诗风，贡献尤大。

望月怀远

张九龄

此诗前两句写实，摄人魂魄，如入其境，极易共情。诗人披衣，寝梦佳期，情之所至。盛唐诗林宛若繁花，此诗似一粒珍珠，清丽自然，余韵悠长。

海上生明月，天涯共此时。
情人怨遥夜，竟夕起相思。
灭烛怜光满，披衣觉露滋。
不堪盈手赠，还寝梦佳期。

竟夕：整夜。
怜：爱。

清 / 朱偁 / 花卉册（局部）

王之涣（688—742）：

字季凌，并州晋阳（今山西太原）人。他善于作诗，尤善五言，是盛唐的边塞诗人之一。其诗风格激越昂扬，造境深远，令人回味无穷。

登鹳雀楼

王之涣

日暮穷思，岁月忽晚，让人易生倦怠之感。然诗人意外拓笔，跌宕开来，精神一振，境界高低立分。

白日依山尽，黄河入海流。

欲穷千里目，更上一层楼。

鹳雀楼：在今山西永济境内。

穷：尽头，极点。

明 / 项圣谟 / 花卉十开（局部）

凉州词

王之涣

雄浑浩浩，孤横绝荡。有胸凌云霄之感。既轻盈，又厚重，诗之格，可窥人之格，孰重孰轻，皆在吐纳须臾。

黄河远上白云间，一片孤城万仞山。

羌笛何须怨杨柳，春风不度玉门关。

仞：古时候的长度单位，一仞相当于七尺或八尺。

玉门关：在今甘肃敦煌境内。

清 / 余省、张为邦 / 临蒋廷锡鸟谱（局部）

王翰（约 687—约 726）：

字子羽，并州晋阳（今山西太原）人。他的诗感情奔放，华美流丽，为人所爱，以《凉州词》最为著名。

凉州词

王翰

欢愉之恋，作生死之别。劝君莫笑，故作轻语，实欲心死魂飞。醉泪俱下，悲至极致。

葡萄美酒夜光杯，欲饮琵琶马上催。
醉卧沙场君莫笑，古来征战几人回。

催：催饮酒，助兴。亦有催上战场之意，一语双关。

清 / 朱俑 / 花卉册（局部）

孟浩然（689—740）：

以字行，襄州襄阳（今属湖北）人。世称“孟襄阳”，因他未曾入仕，又称“孟山人”。孟诗大部分为五言短篇，多写田园山水和隐居的逸致以及羁旅行役的心情。其诗在艺术上有独特的造诣，后人把孟浩然与王维并称为“王孟”。

与诸子登岘山

孟浩然

世人常以王维与孟浩然相提，二人诗风形似。然孟之怀古，杜甫则与之神同。唐人咏古，最后终能伤怀。

人事有代谢，往来成古今。

江山留胜迹，我辈复登临。

水落鱼梁浅，天寒梦泽深。

羊公碑尚在，读罢泪沾襟。

岘山：在今湖北襄阳以南。

代谢：变化，变动。

晚泊浔阳望庐山

孟浩然

开篇即有泰山崩而面不改之风采。如果说李白笔下的庐山是雄伟奔放，那孟氏眼中的庐山则是空灵淡然。诗人不动声色，落笔如云烟，然韵致已扑面。来去无踪，空音犹在，语淡清幽。

挂席几千里，名山都未逢。

泊舟浔阳郭，始见香炉峰。

尝读远公传，永怀尘外踪。

东林精舍近，日暮空闻钟。

浔阳：现在的江西九江古称，庐山即在此地。

挂席：张帆。

春晓

孟浩然

朴素无华，晶莹透亮。细嚼，又意蕴深远。唐诗之妙境，莫过如此。

春眠不觉晓，处处闻啼鸟。

夜来风雨声，花落知多少。

晓：天亮。

知多少：不知道有多少。

清 / 任伯年 / 花卉册（局部）

宿建德江

孟浩然

神韵浑然，风烟俱净。

移舟泊烟渚(zhǔ)，日暮客愁新。

野旷天低树，江清月近人。

建德江：在今浙江境内。

渚：水中的小块陆地。

明 / 萧云从 / 山水册（局部）

王昌龄（？—约 756）：

字少伯，京兆长安（今陕西西安）人。世称“王龙标”，著名边塞诗人。其诗以七绝见长，尤以边塞诗最为著名。他的诗歌意境开阔，语言圆润蕴藉，音调婉转和谐，耐人寻味，在抒情、造景、写意等方面均有很高的造诣。

从军行

王昌龄

壮烈雄志，宛阵前誓语，气吞万里，凌云之语耳。

青海长云暗雪山，孤城遥望玉门关。

黄沙百战穿金甲，不破楼兰终不还。

青海：指青海湖。

还：返还，指回家乡。

出塞

王昌龄

龙标之边塞诗，横刀立马，铿锵有力，此诗之威力，不杀敌三千，则不归也。

秦时明月汉时关，万里长征人未还。

但使龙城飞将在，不教胡马度阴山。

但使：倘若，只要。

阴山：在今内蒙古境内。

清 / 石涛 /　　赠刘石头山水册（局部）

芙蓉楼送辛渐

王昌龄

江海风雨，人生苍茫。诗人以楚山自喻，孤傲不群，以冰心自许，可见澄明之心。既自慰，又孤独，举世皆浊我独清。

寒雨连江夜入吴，平明送客楚山孤。

洛阳亲友如相问，一片冰心在玉壶。

芙蓉楼：在今江苏镇江境内。

平明：天亮。

闺怨

王昌龄

闺中戏语，托寄情思。“夫贵妻荣”之态溢于言表。

闺中少妇不曾愁，春日凝妆上翠楼。

忽见陌头杨柳色，悔教夫婿觅封侯。

凝妆：盛装。

翠楼：妇女的住处。

清 / 石涛 / 　　陶渊明诗意图（局部）

王维（约 701—761）：

字摩诘，号摩诘居士，河东蒲州（今山西永济）人。他精通诗书音画，以诗名盛，尤长五言，多作田园山水，因笃诚奉佛，有“诗佛”之称。

山居秋暝

王维

诗中隐画，画中藏诗。此诗似天外来客，空幽清绝，纤尘不染，语意淡逸，然味浓致极。处处无意，亦处处留心，可见超然物外于胸，浑然无迹。

空山新雨后，天气晚来秋。

明月松间照，清泉石上流。

竹喧归浣女，莲动下渔舟。

随意春芳歇，王孙自可留。

空山：此指幽静的山谷。

浣女：洗衣服的女人。

歇：消散，消失。

终南别业

王维

非人到中年、历经祸福，不能懂此诗也。有庄子逍遥之感，云淡风轻，无欲无求，随遇而安，透着淡淡之欣喜，这是对生命的感悟。

中岁颇好道，晚家南山陲(chuí)。

兴来每独往，胜事空自知。

行到水穷处，坐看云起时。

偶然值林叟，谈笑无还期。

中岁：中年。

终南山

王维

摩诘众多诗作中，这首别具一格。结尾一句，历来贬褒不一。贬者认为与前三句极不相衬，褒者则以“非寻常字词可比”辩之。欲探究竟，此诗须结合摩诘经历分析，诗人仕途曾遭大难，差点入狱，后半生看透官场，半仕半隐，开始向往道家的自然无为，而终南山则是道家始祖老子的隐居之所。此诗前三句写终南山，既实又虚，结尾则又回到现实，仙境虽好，终落凡尘。事实上，即便是仙境，亦有阴晴不定，故尾句和前几句，实为一脉相承，亦一语双关，有人生幽险之意，这正是作者内心矛盾彷徨的真实写照。

太乙近天都，连山接海隅。

白云回望合，青霭入看无。

分野中峰变，阴晴众壑殊。

欲投人处宿，隔水问樵夫。

终南山：在今陕西境内。

壑：山沟，山谷。

观猎

王维

人景合体，万物有我亦无我。

风劲角弓鸣，将军猎渭城。
草枯鹰眼疾，雪尽马蹄轻。
忽过新丰市，还归细柳营。
回看射雕处，千里暮云平。

眼疾：目光尖锐敏捷。

细柳营：西汉著名将领周亚夫当年驻扎在细柳的军队营地。

清 / 王时敏 / 仿北宋赵令穰江乡清夏图（局部）

使至塞上

王维

“大漠孤烟直，长河落日圆”这句，别开生面，旷阔雄浑。乍看之，不可思议，然细品，诗之味，正如此。

单车欲问边，属国过居延。

征蓬出汉塞，归雁入胡天。

大漠孤烟直，长河落日圆。

萧关逢候骑，都护在燕然。

居延：军事重镇，在今内蒙古自治区境内。

征蓬：飘飞的蓬草，比喻漂泊的人，此指自己。

息夫人

王维

收放自得，宛流莺啼啭，不言胜言，旧恩新怨，呼之欲出。

莫以今时宠，能忘旧日恩。

看花满眼泪，不共楚王言。

息夫人：又称桃花夫人，为春秋时期陈国君主陈庄公之女，嫁给息国国君，故亦称息妫。息妫省亲时，借道蔡国，却被姐夫蔡侯调戏，息侯闻知后与楚国设计，楚文王借机俘获蔡侯，知息夫人美貌，亲征息国又霸占了息夫人。

竹里馆

王维

清音不绝，桃花源中人，不知今夕何夕？

独坐幽篁（huáng）里，弹琴复长啸。

深林人不知，明月来相照。

幽篁：幽静的竹林。

辛夷坞

王维

读摩诘诗，犹遇乡野女子，不施粉黛，却清秀明丽，温柔沁甜。

木末芙蓉花，山中发红萼。

涧户寂无人，纷纷开且落。

木末芙蓉花：指辛夷，又名木兰，一种植物。

萼：花萼，包在花的底部和外部。

鸟鸣涧

王维

字字景语，清逸超绝，万动皆寂。

人闲桂花落，夜静春山空。

月出惊山鸟，时鸣春涧中。

时：偶尔。

明 / 项圣谟 / 花卉十开（局部）

鹿柴

王维

犹天然之美玉，只能妙手得之。摩诘之诗清、空、幽，深得老庄之三昧。

空 山 不 见 人，但 闻 人 语 响。

返 景 入 深 林，复 照 青 苔 上。

返景：落日的影晕。

相思

王维

蕴意绵绵，当两小无猜之初恋。语浅情长，一语双关，故今人常借之托意。

红豆生南国，春来发几枝？

愿君多采撷，此物最相思。

发几枝：生出多少。

送元二使安西

王维

“劝君更尽一杯酒”，泪雨欲下，酒入愁肠；“西出阳关无故人”，则掩面而泣了。长途漫漫，生死祸福，亦只能借酒祝福。诗人既送友，也送己，情切意深，拨动心弦。

渭城朝雨浥(yì)轻尘，客舍青青柳色新。

劝君更尽一杯酒，西出阳关无故人。

浥：沾湿。

阳关：在今甘肃敦煌境内。

清 / 王武 /　　　　花卉册（局部）

明 / 仇英 / 辋川十景图（局部）

李白（701—762）：

字太白，号青莲居士，又号“谪仙人”。他是浪漫主义诗人，被后人誉为“诗仙”，与杜甫合称“大李杜”。他爽朗大方，喜交友，爱饮酒作诗。他的诗自然明快，飘逸潇洒，能以简洁明快的语言表达出无尽的情思。

行路难

李白

千百年来，人们之所以喜欢李白，借用法国作家罗曼·罗兰的话："看清生活的真相后，依然热爱生活。"其豪情万丈，非常人所能及也。

金樽清酒斗十千，玉盘珍羞直万钱。

停杯投箸（zhù）不能食，拔剑四顾心茫然。

欲渡黄河冰塞川，将登太行雪满山。

闲来垂钓碧溪上，忽复乘舟梦日边。

行路难，行路难，多歧路，今安在？

长风破浪会有时，直挂云帆济沧海！

樽：酒杯。

珍羞：珍贵的美食。

投箸：放下筷子。

将进酒

李白

恣意千里，不拘于形；跌宕奔涌，不拘于格。太白之诗，神鬼莫测，变幻无端，早已“打通任督二脉”，挥洒自如，情之所至，故能诗之所达，一气呵成，绝尘而奔。

君不见黄河之水天上来，奔流到海不复回。

君不见高堂明镜悲白发，朝如青丝暮成雪。

人生得意须尽欢，莫使金樽空对月。

天生我材必有用，千金散尽还复来。

烹羊宰牛且为乐，会须一饮三百杯。

岑夫子，丹丘生，将进酒，杯莫停。

与君歌一曲，请君为我倾耳听。

钟鼓馔(zhuàn)玉不足贵，但愿长醉不复醒。

古来圣贤皆寂寞，惟有饮者留其名。

陈王昔时宴平乐，斗酒十千恣欢谑(xuè)。

主人何为言少钱，径须沽取对君酌。

五花马，千金裘，呼儿将出换美酒，与尔同销万古愁。

馔：吃喝。

谑：玩笑。

沽：买。

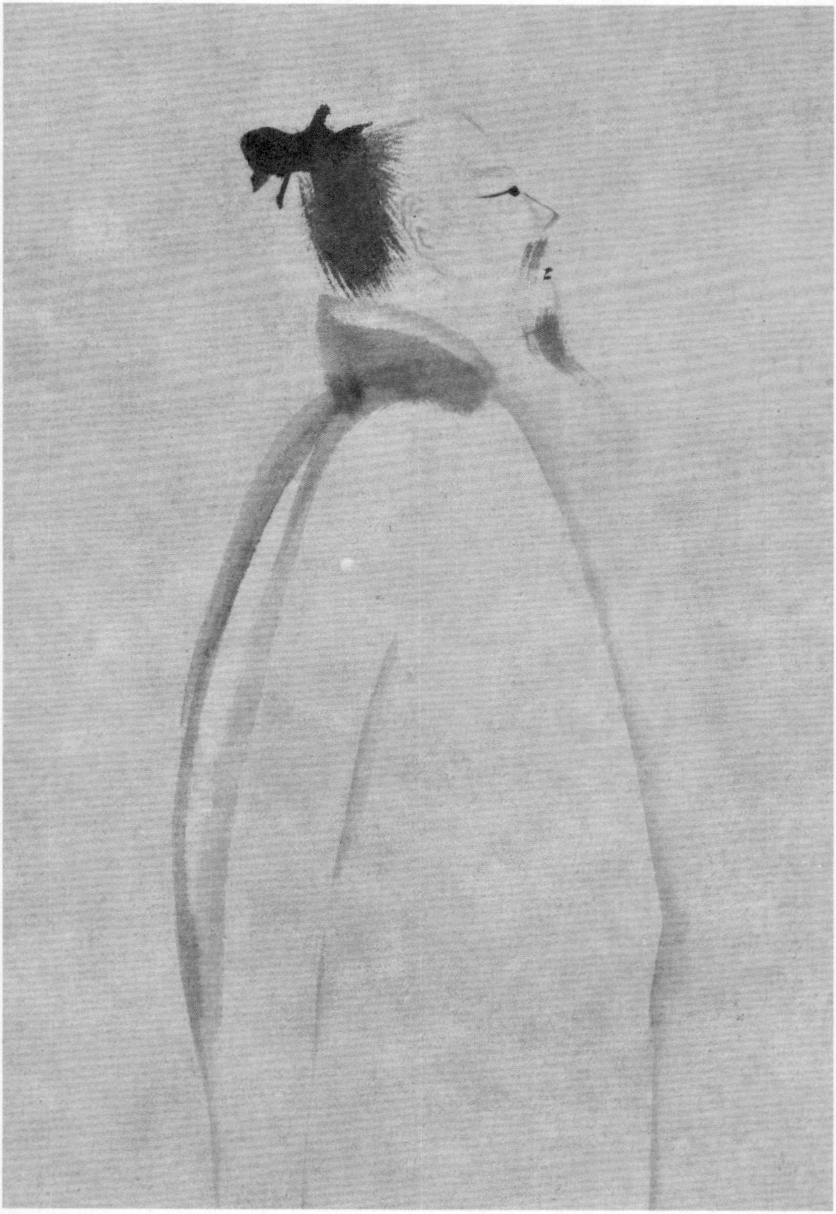

南宋 / 梁楷 / 　　李白行吟图（局部）

清平调词三首

李白

字字珠玑，句句浓艳。人非人，花非花，风姿绰约，艳压群芳，夺人魂魄，欲一睹真容而不得，徒生千愁万绪。犹唐之国运，盛唐幸于太白，太白亦幸盛唐，故皆能彪炳煌煌中华文明册页也。

其一

云想衣裳花想容，春风拂槛露华浓。
若非群玉山头见，会向瑶台月下逢。

其二

一枝红艳露凝香，云雨巫山枉断肠。
借问汉宫谁得似？可怜飞燕倚新妆。

其三

名花倾国两相欢，长得君王带笑看。
解释春风无限恨，沉香亭北倚阑干。

飞燕：赵飞燕，西汉汉成帝皇后。

静夜思

李白

大唐浪子，对故乡的深情一瞥，千百年来，抚慰了多少天涯游子。

床前明月光，疑是地上霜。

举头望明月，低头思故乡。

子夜吴歌

李白

在太白众多的豪情诗篇中，这是难得的深情之作。两首皆以女子口吻，思念远征的丈夫，结尾处，肺腑之语，不着修饰，可谓愈浅愈深，愈远愈近，情切已不可待也。

秋歌

长安一片月，万户捣衣声。
秋风吹不尽，总是玉关情。
何日平胡虏，良人罢远征？

冬歌

明朝驿使发，一夜絮征袍。
素手抽针冷，那堪把剪刀。
裁缝寄远道，几日到临洮？

良人：妇女对丈夫的称呼。
临洮：古丝绸之路重镇，在今甘肃境内。

秋浦歌

李白

开篇凌空巨阵，旋即飞流直下，秋霜如缕。作者人到暮年，空怀壮志，满腔悲愤，化为丝丝白发。字字千钧，声声悲怆。

白发三千丈，缘愁似个长。
不知明镜里，何处得秋霜！

秋浦：指今安徽的贵池地区，秋浦江在此穿过，李白在这里写下了大量的诗作。

赠汪伦

李白

反弹琵琶，更进一步。太白有点石成金之魔法，故时有调绝千古之作。

李白乘舟将欲行，忽闻岸上踏歌声。

桃花潭水深千尺，不及汪伦送我情！

桃花潭：在今安徽宣城境内。

闻王昌龄左迁龙标，遥有此寄

李白

想象奇崛，风雅疏朗。愁心明月，乃太白标配，况寄他人乎？可见情之深厚，乃遥身托己，惺惺相惜矣。

杨花落尽子规啼，闻道龙标过五溪。
我寄愁心与明月，随风直到夜郎西。

龙标：地名，在今湖南境内。诗中代指王昌龄。古人常用官职或出生之地名来称呼一个人。

杨花：柳絮。

金陵酒肆留别

李白

天才之诗，随意之语，亦能妙思迭出。太白之诗，只能赏之，不可学也。

风吹柳花满店香，吴姬压酒劝客尝，
金陵子弟来相送，欲行不行各尽觞（shāng）。
请君试问东流水，别意与之谁短长？

吴姬：酒店的侍女。
不行：送行的人。

黄鹤楼送孟浩然之广陵

李白

碧空清丽，浩荡长流。非一般送别诗之伤怀悱恻可比，扬州诗魂，当推太白此作。

故人西辞黄鹤楼，烟花三月下扬州。

孤帆远影碧空尽，唯见长江天际流。

黄鹤楼：在今湖北武汉境内。

广陵：扬州的古称。

烟花：形容春光灿烂。

唐 / 王维（传）/

阿房宫图（局部）

宣州谢朓楼饯别校书叔云

李白

世弃我，我不弃世也。然弃心与心弃交缠，愈深愈争，愈乱愈陷。人之苦痛，皆此病根。此诗流传至今，皆人所共情而鸣也。

弃我去者昨日之日不可留，

乱我心者今日之日多烦忧。

长风万里送秋雁，对此可以酣高楼。

蓬莱文章建安骨，中间小谢又清发。

俱怀逸兴壮思飞，欲上青天揽明月。

抽刀断水水更流，举杯销愁愁更愁。

人生在世不称意，明朝散发弄扁舟。

宣州：今天的安徽宣城。

建安骨：指建安风骨，亦称汉魏风骨，汉献帝建安时代的文字慷慨悲凉、雄健深沉。

小谢：指谢朓，南朝齐诗人，这里用以自喻。

山中问答

李白

顽童之姿，若弥勒佛现身。难怪乎“谪仙”之雅称。

问余何意栖碧山，笑而不答心自闲。
桃花流水窅(yǎo)然去，别有天地非人间。

碧山：指山色的青翠苍绿。
窅：幽深。

登金陵凤凰台

李白

笔落八荒，神驰古今。非磊落之人不可作。堪与崔颢《黄鹤楼》各分春秋之色。

凤凰台上凤凰游，凤去台空江自流。

吴宫花草埋幽径，晋代衣冠成古丘。

三山半落青天外，一水中分白鹭洲。

总为浮云能蔽日，长安不见使人愁。

白鹭洲：在今江苏南京境内。

近现代 / 陈少梅 / 仿刘松年松泉图（局部）

望庐山瀑布

李白

形乎其外，神乎其内。可谓形神兼备。宋人苏轼言“帝遣银河一派垂，古来惟有谪仙词”，绝非虚言。

日照香炉生紫烟，遥看瀑布挂前川。

飞流直下三千尺，疑是银河落九天。

三千尺：形容高，夸张的说法。

望天门山

李白

明媚之作，随手拈来。一幅妙境小品，徐徐展开，画面感强，处处见动，堪称“活诗”。

天门中断楚江开，碧水东流至此回。
两岸青山相对出，孤帆一片日边来。

天门山：在今安徽当涂境内。

早发白帝城

李白

劈斧之诗，亦须凿空奇伟之志。观盛唐之世，唯太白耳。

朝辞白帝彩云间，千里江陵一日还。

两岸猿声啼不住，轻舟已过万重山。

白帝城：在今重庆奉节境内。

江陵：在今湖北荆州境内。

月下独酌

李白

“举杯邀明月，对影成三人。”言之醉，而未醉，乃抱影幻想多人矣。可见孤寂之深也。

花间一壶酒，独酌无相亲。
举杯邀明月，对影成三人。
月既不解饮，影徒随我身。
暂伴月将影，行乐须及春。
我歌月徘徊，我舞影零乱。
醒时同交欢，醉后各分散。
永结无情游，相期邈云汉。

邈：遥远。

独坐敬亭山

李白

孤傲伫立，卓尔不群。诗人怀才不遇，只能与山为伴，山亦无语。两看不厌，虽是太白自嘲语，然亦深情奕奕。

众鸟高飞尽，孤云独去闲。
相看两不厌，只有敬亭山。

敬亭山：在今安徽宣城境内。
厌：满足。

近现代 / 黄宾虹 / 花卉条幅（局部）

清 / 石涛 / 陶渊明诗意图（局部）

王湾（生卒年不详）：

洛阳（今属河南）人。王湾词翰早著，其中最著名的是《次北固山下》，已被选入多个版本的语文教材。

次北固山下

王湾

此诗气象高远，意境开阔。虽经锤炼，仍不失本真，佳句频出，可观盛唐之气象。

客路青山外，行舟绿水前。

潮平两岸阔，风正一帆悬。

海日生残夜，江春入旧年。

乡书何处达，归雁洛阳边。

北固山：在今江苏镇江市境内。

潮平：潮水涨满。

清 / 石涛 /　　陶渊明诗意图（局部）

崔颢（？—754）：

汴州（今河南开封）人。其诗作激昂豪放，气势宏伟，最为人称道的是《黄鹤楼》，相传曾被李白赞叹："眼前有景道不得，崔颢题诗在上头。"

黄鹤楼

崔颢

空谷之音，连绵悠长，卓然迎风，让人怅然若失。人孤近仙，日暮烟波，境由心生，顿有无穷之感，气象神意，皆余外不绝。妙笔天成得之，恐太白也无此手笔也。

昔人已乘黄鹤去，此地空余黄鹤楼。
黄鹤一去不复返，白云千载空悠悠。
晴川历历汉阳树，芳草萋萋鹦鹉洲。
日暮乡关何处是？烟波江上使人愁。

历历：清晰可见。
萋萋：茂盛的样子。

长干曲二首

崔颢

一问一答，情之欲出。女子娇羞果敢，男子醇厚朴实，语意曲中通直，畅白如水，一派天真烂漫。读之莞尔，心驰神往。

其一

君家何处住？妾住在横塘。
停舟暂借问，或恐是同乡。

其二

家临九江水，来去九江侧。
同是长干人，生小不相识。

借问：打听。
侧：边上。

明 / 仇英 / 枫溪垂钓图（局部）

明 / 萧云从 / 山水册（局部）

高适（约 700—765）：

字达夫，渤海蓨（今河北景县）人。与岑参、王昌龄、王之涣合称“边塞四诗人”，其诗题材广泛，内容丰富，现实性较强，其中边塞诗成就最高，写边塞苍茫而不凄凉。其诗又以厚重深沉著称，是边塞诗派发展进程中的一个重要里程碑。

别董大

高适

豪情注入，一扫送别诗之惆怅旧调。“莫愁前路无知己，天下谁人不识君”与“劝君更尽一杯酒，西出阳关无故人”刚柔并济，并峙诗坛。

千里黄云白日曛，北风吹雁雪纷纷。

莫愁前路无知己，天下谁人不识君？

黄云：乌云。

曛：昏暗。

燕歌行

高适

笔力遒健，雄浑悲壮。叙事层层推进，浓缩了战争的始末，控诉了主将骄奢放纵、轻敌兵败带来的创伤。全诗沉郁顿挫，似金戈铁马之声席卷而来，故能开创唐一代边塞诗之风气。

汉家烟尘在东北，汉将辞家破残贼。

男儿本自重横行，天子非常赐颜色。

㧐(chuāng)金伐鼓下榆关，旌(jīng)旆(pèi)逶(wēi)迤(yí)碣石间。

校尉羽书飞瀚海，单于猎火照狼山。

山川萧条极边土，胡骑凭陵杂风雨。

战士军前半死生，美人帐下犹歌舞！

大漠穷秋塞草腓(féi)，孤城落日斗兵稀。

㧐：撞击。

逶迤：蜿蜒曲折。

腓：枯萎。

身当恩遇恒轻敌，力尽关山未解围。

铁衣远戍辛勤久，玉箸应啼别离后。

少妇城南欲断肠，征人蓟(jì)北空回首。

边庭飘飖(yáo)那可度，绝域苍茫更何有！

杀气三时作阵云，寒声一夜传刁斗。

相看白刃血纷纷，死节从来岂顾勋？

君不见沙场征战苦，至今犹忆李将军！

玉箸：玉做的筷子，此指眼泪。
绝域：非常遥远的地方。
李将军：此指西汉著名将军李广。

唐 / 王维（传）/

长江积雪图（局部）

清 / 余省、张为邦 / 临蒋廷锡鸟谱（局部）

刘长卿（？—约 789）：

字文房，河间（今属河北）人。他工于诗，长于五言，自称“五言长城”。他的诗多写幽寒孤寂之境，又善于描写荒村水乡。

逢雪宿芙蓉山主人

刘长卿

首句写风雪寂寒，尾句则透傲然梅骨之气。细品之，心底似有丝丝暖意逸出，清妙孤浑。身临其境，有拳拳之心者可察之。

日暮苍山远，天寒白屋贫。
柴门闻犬吠，风雪夜归人。

白屋：茅屋，代指贫苦人家。

送灵澈上人

刘长卿

一僧一俗，知音之交，皆非凡人。观此诗，犹品芳茗，唇齿留香，悠悠然矣，而不知人间已过三日。

苍苍竹林寺，杳（yǎo）杳钟声晚。
荷笠带夕阳，青山独归远。

竹林寺：在今江苏镇江市南山景区内。
杳杳：幽远，深远。
荷笠：背着斗笠。

明 / 项圣谟 /　花卉十开（局部）

穆陵关北逢人归渔阳

刘长卿

“楚国苍山古，幽州白日寒。”气象非凡，横亘大唐。刘氏“五言长城”之美誉，名不虚传。

逢君穆陵路，匹马向桑乾。

楚国苍山古，幽州白日寒。

城池百战后，耆(qí)旧几家残。

处处蓬蒿遍，归人掩泪看。

渔阳：常被诗人意为征戍之地。

百战：此指安史之乱。

耆旧：指年老而有才德的人。

弹琴

刘长卿

愤切之音，空余报国之情，古调虽雅，少人欣赏，诗人自弹自怜。“虽”和“多”构成强烈反差。

líng

泠泠七弦上，静听松风寒。

古调虽自爱，今人多不弹。

泠泠：形容琴声清越。

自爱：自己喜欢。

清 / 余省、张为邦 / 临蒋廷锡鸟谱（局部）

杜甫（712—770）：

字子美，巩县（今属河南）人。自号“少陵野老”，现实主义诗人，常被称为“老杜”，被后人称为“诗圣”。他的诗风格多样、沉郁顿挫，倍受重视，被称为“诗史”。

望岳

杜甫

胸藏万壑，雄视天下。山之奇秀，诗之壮伟，皆有沉郁勃发之势。杜诗灿若星辰，推此为冠。泰山可无汉武封禅，不可缺少陵之《望岳》，大山之魂魄，舍此，况其他乎？

岱宗夫如何？齐鲁青未了。

造化钟神秀，阴阳割昏晓。

荡胸生层云，决眦（zì）入归鸟。

会当凌绝顶，一览众山小。

造化：指自然界。

钟：聚集。

眦：眼眶，眼角。

月夜

杜甫

安史之乱，诗人孤陷敌营长安，望月思亲，写下此诗，字字沉痛，故笔意舒缓。尾联“何时”“双照”，应是希望中绝望，绝望中希望，反复不定之语。有相聚之时，自可泪干；倘遥遥无期，泪尽亦干。离乱之恨，悲伤幽绝。

今夜鄜(fū)州月，闺中只独看。

遥怜小儿女，未解忆长安。

香雾云鬟湿，清辉玉臂寒。

何时倚虚幌，双照泪痕干？

云鬟：环形发髻。

幌：帘帷，帐幔。

清 / 王时敏 / 杜甫诗意图册（局部）

春望

杜甫

愈读愈悲，愈悲愈读。伤春伤怀，伤国伤世，终伤不已，遂成绝唱。

国破山河在，城春草木深。
感时花溅泪，恨别鸟惊心。
烽火连三月，家书抵万金。
白头搔更短，浑欲不胜簪。

抵：值。
搔：用手指抓。

梦李白二首

杜甫

李白参与永王叛乱，后被流放夜郎，生死未卜。杜甫以诗作抒发对他的殷切担忧。杜曾有被叛军俘虏的经历，同沦天涯，故能感同身受，情恳夺魂。题为“梦李白”，盖也梦自己昔日所历之险恶，一诗两寄，泣语双慰。

其一

死别已吞声，生别常恻恻。
江南瘴(zhàng)疠(lì)地，逐客无消息。
故人入我梦，明我长相忆。
恐非平生魂，路远不可测。
魂来枫林青，魂返关塞黑。
君今在罗网，何以有羽翼？
落月满屋梁，犹疑照颜色。
水深波浪阔，无使蛟龙得！

恻恻：悲伤，悲痛。
罗网：牢笼，形容身不由己。

其二

浮云终日行，游子久不至。
三夜频梦君，情亲见君意。
告归常局促，苦道来不易：
江湖多风波，舟楫恐失坠。
出门搔白首，若负平生志。
冠盖满京华，斯人独憔悴！
孰云网恢恢？将老身反累！
千秋万岁名，寂寞身后事。

累：受牵连。

月夜忆舍弟

杜甫

寻常人语，亦能哀婉断魂。诗之品格，亦在章法洗练之间。

戍鼓断人行，边秋一雁声。

露从今夜白，月是故乡明。

有弟皆分散，无家问死生。

寄书长不达，况乃未休兵。

舍弟：对自己弟弟的谦称。

蜀相

杜甫

沉郁顿挫，有雄浑巍巍之气象。尾联可作天下豪杰壮志未酬的人生遗语。此诗可和诸葛孔明《出师表》，并立宇宙天地，互为光耀。

丞相祠堂何处寻，锦官城外柏森森。
映阶碧草自春色，隔叶黄鹂空好音。
三顾频烦天下计，两朝开济老臣心。
出师未捷身先死，长使英雄泪满襟。

蜀相：此指蜀国丞相诸葛亮。
三顾：指刘备三请诸葛亮出山之典故。

赠花卿

杜甫

此诗赞友人乎？讥乎？尚无定论。虚虚实实，真真假假，亦人之惯用。尾句天籁之音，当是半谏半赞之初心耳。

锦城丝管日纷纷，半入江风半入云。

此曲只应天上有，人间能得几回闻。

锦城：指成都。

丝管：此指音乐。

金 / 武元直 /

赤壁图（局部）

闻官军收河南河北

杜甫

喜气如贯，横泻千里。可见离乱思念，旷久之深。此诗犹太白附体，当推少陵生平第一快诗也。

剑外忽传收蓟北，初闻涕泪满衣裳。
却看妻子愁何在，漫卷诗书喜欲狂。
白首放歌须纵酒，青春作伴好还乡。
即从巴峡穿巫峡，便下襄阳向洛阳。

妻子：夫人和孩子。
漫：随意地，胡乱地。
青春：春色，春光。

绝句

杜甫

四句皆工，一扫往昔之阴霾沉郁。非胸怀天地、神驰江湖之人，不能下此笔。

两个黄鹂鸣翠柳，一行白鹭上青天。

窗含西岭千秋雪，门泊东吴万里船。

清 / 王时敏 /　　杜甫诗意图册（局部）

旅夜书怀

杜甫

气象壮阔，宇宙洪荒，然笔锋一转，言及自身飘零，形成反差，使得既有哲学意境，亦具现实观照。诗之整体有太白神韵，结尾句后世苏轼“拣尽寒枝不肯栖，寂寞沙洲冷”，意出此诗。

细草微风岸，危樯独夜舟。

星垂平野阔，月涌大江流。

名岂文章著，官应老病休。

飘飘何所似？天地一沙鸥。

危樯：高高的桅杆。

涌：指月光随波涌动。

飘飘：代指人的飘零、漂泊。

登高

杜甫

秋风鹤唳，万物同哀。悲苦犹巨浪席卷，群山静穆。一杯浊酒，就此向这人世告别，这正是诗人搭设的悲凉场景。

风急天高猿啸哀，渚清沙白鸟飞回。

无边落木萧萧下，不尽长江滚滚来。

万里悲秋常作客，百年多病独登台。

艰难苦恨繁霜鬓，潦倒新停浊酒杯。

落木：飘落的秋叶。

繁：增多。

登岳阳楼

杜甫

雄阔慨然，然沉郁之气注入过多。诗人心思敏感，有郁郁之气斜出，诗意故不能纾缓。

昔闻洞庭水，今上岳阳楼。
吴楚东南坼(chè)，乾坤日夜浮。
亲朋无一字，老病有孤舟。
戎马关山北，凭轩涕泗流。

岳阳楼：在今湖南岳阳境内。
坼：分裂，撕裂。
无一字：音讯全无。

明 / 仇英 /

汉宫春晓图（局部）

江南逢李龟年

杜甫

此中悲苦，世事沧桑，尽在“又逢君”。风景虽好，却怅然无语。人生离乱，他乡遇故知，亦是大不幸之幸。少陵以虚写实，以诗写史，两行辛酸泪，满纸家国痛。

岐王宅里寻常见，崔九堂前几度闻。

正是江南好风景，落花时节又逢君。

岐王：唐玄宗李隆基的弟弟李范，曾与杜甫交好。

清 / 王时敏 /　　杜甫诗意图册（局部）

八阵图

杜甫

少陵诗，宜到中年读，方知其味。可窥云阔之低，断雁西风，人生徘徊之况景。

功盖三分国，名成八阵图。

江流石不转，遗恨失吞吴。

盖：超过。

转：动。

清 / 任熊 /

花卉四条屏（局部）

清 / 任伯年 / 花鸟图册（局部）

李华（约 715—774）：

字遐叔，赵郡赞皇（今属河北）人。他与萧颖士齐名，世称“萧李”，并与萧颖士、颜真卿积极共倡古义，开启唐代古文运动之先河。

春行即兴

李华

世人皆以此系伤怀忧国之诗，实谬误久矣。诗人在安禄山政权中曾任伪职，唐平叛后，被贬。此诗即写此间。由此观诗，江山轮替，不过是水流东西、花开花落之自然规律。诗人托景，不过是曲意，自辩其伪职生涯。“鸟空啼”之句，既实又虚，万物皆空，无论唐正统还是安禄山伪政权，最后都成一场空，诗人已然有看透历史之况意。以今日观之，作者其德固有瑕疵，然非独清醒乎？

宜阳城下草萋萋，涧水东流复向西。

芳树无人花自落，春山一路鸟空啼。

芳：茂盛，芬芳。

明 / 萧云从 / 山水册（局部）

刘方平（生卒年不详）：

河南（今河南洛阳）人。天宝前期曾应进士试，又欲从军，均未如意，从此隐居颍水、汝河之滨，终生未仕。他工诗，其诗多咏物写景之作，尤擅绝句，他的诗多写闺情、乡思，善于寓情于景，意蕴无穷。

春怨

刘方平

处处皆空，句句皆怨。情之所至，泪亦埋人。

纱窗日落渐黄昏，金屋无人见泪痕。

寂寞空庭春欲晚，梨花满地不开门。

金屋：此指妃嫔住的华丽的屋子。

晚：此指逝尽，将要结束。

清 / 张若霭 / 花鸟册（局部）

岑参（约 715—约 770）：

江陵（今属湖北）人。他长于七言歌行，诗歌意境新奇，风格奇峭，气势磅礴，想象丰富，词采瑰丽，富有浪漫主义特色，以边塞诗最出色。在盛唐时代，他写的边塞诗数量最多，成就最突出。

白雪歌送武判官归京

岑参

呼啸而来，悄然而去，魏晋风流也，堪当盛唐边塞压卷之诗。岑以降，多为弱作，有其形，少其格。

北风卷地白草折，胡天八月即飞雪。
忽如一夜春风来，千树万树梨花开。
散入珠帘湿罗幕，狐裘不暖锦衾(qīn)薄。
将军角弓不得控，都护铁衣冷难着。
瀚海阑干百丈冰，愁云惨淡万里凝。
中军置酒饮归客，胡琴琵琶与羌笛。
纷纷暮雪下辕门，风掣红旗冻不翻。
轮台东门送君去，去时雪满天山路。
山回路转不见君，雪上空留马行处。

梨花：此指积在树枝上的雪，白色一片，像梨花一样。
罗幕：丝罗帐幕。
锦衾：锦缎做的被子。

山房春事

岑参

人去花旧。诗人别裁反衬，愈反愈衰。

梁园日暮乱飞鸦，极目萧条三两家。

庭树不知人去尽，春来还发旧时花。

极目：放眼望去。

发：开放。

逢入京使

岑参

寻常语，一经点拨，竟能翻山倒海，笔走龙蛇。

故园东望路漫漫，双袖龙钟泪不干。

马上相逢无纸笔，凭君传语报平安。

龙钟：沾湿。

清 / 石涛 / 陶渊明诗意图（局部）

张继（生卒年不详）：

字懿孙，襄州（治今湖北襄阳）人。他博览有识，其诗歌丰姿清迥，作千古绝唱《枫桥夜泊》，对后世颇有影响。

枫桥夜泊

张继

夜钟遗响，一愁千古。寂凉之于孤单羁旅，亦之于漫长历史。作者历经安史之乱，寂凉之感尤深，二者交映共辉，方能吟咏至今。

月落乌啼霜满天，江枫渔火对愁眠。
姑苏城外寒山寺，夜半钟声到客船。

霜满天：形容非常冷。
寒山寺：在今江苏苏州城内。

清 / 石涛 / 陶渊明诗意图（局部）

钱起（约 720—约 782）：

字仲文，吴兴（今浙江湖州）人。他是“大历十才子”之一，被誉为“大历十才子之冠”，又与郎士元齐名，称“钱郎”，当时被称为“前有沈宋，后有钱郎”。

省试湘灵鼓瑟

钱起

尾句，异峰突起，摇曳不绝，留下无穷无尽之想象空间。神来之笔，犹不及也。

善鼓云和瑟，常闻帝子灵。

冯夷空自舞，楚客不堪听。

苦调凄金石，清音入杳冥。

苍梧来怨慕，白芷动芳馨。

流水传湘浦，悲风过洞庭。

曲终人不见，江上数峰青。

金：钟类的乐器。

石：磬类的乐器。

杳冥：很远的地方。

明 / 仇英 /　　辋川十景图（局部）

韩翃（生卒年不详）：

字君平，南阳（今属河南）人。与钱起等诗人齐名，“大历十才子”之一。他擅长写送别题材的诗歌，因作一首《寒食》而被唐德宗所赏识，晋升不断，最终官至中书舍人。韩翃的诗笔法轻巧，写景别致，在当时传诵很广。

寒食

韩翃

“飞”字一出，灵动轻盈，满诗皆活。世人言此诗为讥讽或承平之意，皆非也。此诗处处写实，普天之下莫非王土；亦处处写虚，率土之滨莫非王臣。安史之乱，盛唐风华不再，诸侯继续割据，外重内轻，正是作者敏锐地发现，借诗劝谏，承平虚象下，已危险丛生。

春城无处不飞花，寒食东风御柳斜。

日暮汉宫传蜡烛，轻烟散入五侯家。

飞花：柳絮。

五侯：这里泛指割据一方的诸侯。

近现代 / 齐白石 /

霞绮横琴图（局部）

清 / 任伯年 /　　花鸟蔬果册（局部）

李端（生卒年不详）：

字正己，自号“衡岳幽人”，赵州（治今河北赵县）人。“大历十才子”之一。他的作品多为赠酬送别类，一些写闺情的诗也清婉可诵。

鸣筝

李端

别具情致。女子心思，忍俊不禁。抒情托志，诗亦可悦己也。

鸣筝金粟柱，素手玉房前。

欲得周郎顾，时时误拂弦。

周郎：指三国时吴国大将军周瑜。

清 / 陈枚 /

山水楼阁图册（局部）

近现代 / 陈少梅 / 幽人久孤（局部）

胡令能（生卒年不详）：

隐居圃田（今河南中牟）。他因家贫，年轻时以修补锅碗盆缸为生，人称“胡钉铰”。他的诗语言浅显而构思精巧，生活情趣很浓。

小儿垂钓

胡令能

童趣盎然，形神如见。读之让人易怀少年时，宛清泉流过，清澈净心。皇皇唐诗数万言，此类诗少之又少矣。

蓬头稚子学垂纶，侧坐莓苔草映身。
路人借问遥招手，怕得鱼惊不应人。

垂纶：钓鱼。

清 / 张若霭 / 花鸟册（局部）

韦应物（约 737—约 791）：

京兆万年（今陕西西安）人。世称“韦苏州”“韦左司”“韦江州”。他是山水田园派诗人。大历年间，盛唐时的壮阔气象已不复存在，因此诗歌题材多为风花雪月、乡情羁旅等，他的诗歌风格自成一派，在大历时期显得尤为特殊。

寄全椒山中道士

韦应物

愈冷愈念，愈念愈远，愈远愈空。难怪东坡尤喜也。

今朝郡斋冷，忽念山中客。

涧底束荆薪，归来煮白石。

欲持一瓢酒，远慰风雨夕。

落叶满空山，何处寻行迹？

荆薪：柴草。

滁州西涧

韦应物

高雅自淡，终成一格。尾句愈急愈缓，别有闲趣。

独 怜 幽 草 涧 边 生，上 有 黄 鹂 深 树 鸣。
春 潮 带 雨 晚 来 急，野 渡 无 人 舟 自 横。

独怜：唯独喜爱。

明 / 萧云从 /

山水册（局部）

清 / 石涛 /　　赠刘石头山水册（局部）

清 / 任熊 / 姚燮诗意图（局部）

孟郊（751—814）：

字东野，湖州武康（今浙江德清）人。因其诗作多写世态炎凉，民间苦难，故有“诗囚”之称。他的作品情深致婉，气势磅礴，其中淡雅诗获得较为一致的好评。

游子吟

孟郊

肺腑之语，有郊寒之意。苦吟恐亦不能得矣。

慈 母 手 中 线 ， 游 子 身 上 衣 。

临 行 密 密 缝 ， 意 恐 迟 迟 归 。

谁 言 寸 草 心 ， 报 得 三 春 晖 ！

意恐：怕，担心。

晖：阳光。

登科后

孟郊

失之切切，得之若狂，人之常情。俗语“人生三大快事”之金榜题名，更是莘莘学子的夙愿。

昔日龌龊不足夸，今朝放荡思无涯。

春风得意马蹄疾，一日看尽长安花。

龌龊：困顿，不如意。

疾：轻盈。

清 / 恽寿平 / 花鸟册（局部）

明 / 沈周 / 辛夷墨菜图（局部）

崔护（生卒年不详）：

字殷功，蓝田（今属陕西）人。其诗精炼婉丽，语句清新，皆为佳作，尤以《题都城南庄》流传最广，脍炙人口，雅俗共赏，至今广为流传。

题都城南庄

崔护

一诗封神。

去年今日此门中，人面桃花相映红。

人面不知何处去，桃花依旧笑春风。

都：国都，指唐朝的京城长安。

人面：姑娘的面孔。

近现代 / 吴昌硕 / 富贵多子寿图轴（局部）

常建（生卒年不详）：

他的诗以田园、山水为主要题材，善于运用凝练简洁的笔触，表达出清寂幽邃的意境，语言精炼自然，在艺术上有独特的造诣。

题破山寺后禅院

常建

虚虚实实，实实虚虚，以寂写声，实以静写动，小鸟欢悦衬人心空灵澄澈，终成佛家幻境，亦忘尘世之万物枯荣。

清晨入古寺，初日照高林。

竹径通幽处，禅房花木深。

山光悦鸟性，潭影空人心。

万籁此俱寂，但余钟磬(qìng)音。

破山寺：即兴福寺。在今江苏省常熟市虞山境内。

万籁：所有声音。

清 / 陈枚 / 山水楼阁图册（局部）

三日寻李九庄

常建

读此诗，犹品雨前春茗，沁人心脾，清新脱俗，余味悠悠不尽。

雨歇杨林东渡头，永和三日荡轻舟。
故人家在桃花岸，直到门前溪水流。

永和：东晋穆帝年号。王羲之《兰亭集序》即写于此年三月，作者借此典故。
故人：好友，指李九。

清 / 任熊 / 花卉四条屏（局部）

张籍（约 767—约 830）：

字文昌，吴郡（今江苏苏州）人。世称“张水部”“张司业”，新乐府运动的倡导者和参与者。他的乐府诗作大多反映当时社会的现实，用素描手法，细致真实地刻画各种人物的形象。

节妇吟

张籍

作者托节妇明志，婉拒入权贵幕僚。尾句以退为进，心意显而易见，徒生多情。后人多用此句，托词婉拒，语善情坚，故能流传。

君知妾有夫，赠妾双明珠；

感君缠绵意，系在红罗襦。

妾家高楼连苑起，良人执戟(jǐ)明光里。

知君用心如日月，事夫誓拟同生死。

还君明珠双泪垂，恨不相逢未嫁时。

明光：此指皇宫。

事：侍奉。

近现代 / 吴湖帆 /　　霜林烟浦（局部）

秋思

张籍

一封寻常家书，一波三折。诗人的微妙心理，跃然纸上，千言万语，还怕遗漏，可见相隔之远，思念之切。世人以此诗后两句，与“马上相逢无纸笔，凭君传语报平安”相提并论，然细品，前者心乱，更显相见之情切。

洛阳城里见秋风，欲作家书意万重。

复恐匆匆说不尽，行人临发又开封。

意万重：思绪万千。

行人：带信之人。

清 / 任伯年 /　　花鸟蔬果册（局部）

王建（约 767—约 830）：

字仲初，关辅（今属陕西）人。他出身寒微，贫困潦倒，诗作题材广泛，多为同情百姓疾苦之作，生活气息浓厚，思想深刻。他善于选择有典型意义的人、事和环境加以艺术概括，反映现实，揭露社会矛盾。他的作品语言通俗凝练，富有乐府色彩。

新嫁娘词

王建

惟妙惟肖，灵动可爱。唐诗中不可多得的生活场景之作。
读之，莞尔。

三日入厨下，洗手作羹汤。

未谙姑食性，先遣小姑尝。

谙：知道，熟悉。

食性：口味。

清 / 郎世宁 /　　仙萼长春图（局部）

十五夜望月

王建

首句写中秋之夜，月清幽寂，秋思之意，自不待言，然尾句却“不知”秋思何处，惊人之语，已然忘我。可见秋思之深，更进一层。

中庭地白树栖鸦，冷露无声湿桂花。

今夜月明人尽望，不知秋思落谁家？

地白：月光照在地面上的样子。

清 / 任伯年 / 花鸟蔬果册（局部）

薛涛（？—约 832）：

字洪度，长安（今陕西西安）人。被后人誉为唐朝四大女诗人之一。她的诗构思新巧，着眼的都是身边事物，能把寻常事物写得曲折动人。

筹边楼

薛涛

雄阔旷远，用语警策，收放顿挫。唐之巾帼不让须眉，亦存凌云之志。

平临云鸟八窗秋，壮压西川四十州。

诸将莫贪羌族马，最高层处见边头！

筹边楼：唐代名楼，在今四川境内。

壮压：震慑，威震。

清 / 任熊 /　　姚燮诗意图（局部）

韩愈（768—824）：

字退之，河南河阳（今河南孟州）人。自称“郡望昌黎”，世称“韩昌黎”“昌黎先生”。他是唐代古文运动的倡导者，被尊为“唐宋八大家”之首。他的诗歌表现手法大胆、创新，浓彩涂抹。

左迁至蓝关示侄孙湘

韩愈

傲骨凸显，语意绝然。诗风清冽，犹一柄利刃，寒气逼人。“云横秦岭家何在？雪拥蓝关马不前。”非胸怀天下者，不能作也。

一封朝奏九重天，夕贬潮州路八千。
欲为圣明除弊事，肯将衰朽惜残年！
云横秦岭家何在？雪拥蓝关马不前。
知汝远来应有意，好收吾骨瘴江边。

蓝关：蓝田关。在今陕西蓝田县。
湘：韩湘，韩愈之侄孙。

早春呈水部张十八员外

韩愈

空蒙流丽，闲婉别致。绝胜烟柳，已然遍地春色，精妙之语。

天街小雨润如酥，草色遥看近却无。

最是一年春好处，绝胜烟柳满皇都。

水部张十八员外：指张籍。因他在兄弟中排第十八，曾任水部员外郎。

绝胜：远远超过。

清 / 郎世宁 / 仙萼长春图（局部）

清 / 王武 / 花卉册（局部）

刘禹锡（772—842）：

字梦得，一说为洛阳（今属河南）人。有“诗豪”之称。他诗文俱佳，涉猎题材广泛，与韦应物、白居易合称“三杰”，并与白居易合称“刘白”。其诗无论短章长篇，大都简洁明快，风格俊爽，情感真挚，极富艺术张力和雄直气势。

西塞山怀古

刘禹锡

仙人之气注入诗间，九曲回肠，魂魄缓缓出矣，重归天地，散入四海苍穹，高拿低放。唐人怀古甚众，当推刘梦得为最。

jùn

王濬楼船下益州，金陵王气黯然收。

千寻铁锁沉江底，一片降幡出石头。

人世几回伤往事，山形依旧枕寒流。

今逢四海为家日，故垒萧萧芦荻秋。

王濬：西晋将领。

寻：长度单位。

酬乐天扬州初逢席上见赠

刘禹锡

观梦得诗，有怅空，无沉郁。故总能化重为轻，化繁为约，洒脱自放，有神清气爽之效。

巴山楚水凄凉地，二十三年弃置身。

怀旧空吟闻笛赋，到乡翻似烂柯人。

沉舟侧畔千帆过，病树前头万木春。

今日听君歌一曲，暂凭杯酒长精神。

乐天：指白居易，字乐天。

弃置：贬谪。

翻似：反而像。

清 / 虚谷 / 花鸟册（局部）

秋词

刘禹锡

刘诗之可贵，既有李白之俊逸乐观，又兼杜甫之深沉雄阔，此诗便是佐证。

自古逢秋悲寂寥，我言秋日胜春朝。

晴空一鹤排云上，便引诗情到碧霄。

碧霄：蓝天。

清 / 余省、张为邦 / 临蒋廷锡鸟谱（局部）

竹枝词二首

刘禹锡

此诗吸收了民歌的养分，诗风清新自然，饶具别致。尾句则写妾有情而郎无情，后主李煜“问君能有几多愁，恰似一江春水向东流”，即脱胎于此。

其一

山桃红花满上头，蜀江春水拍山流。
花红易衰似郎意，水流无限似侬愁。

上头：山顶。

口语化的民歌风格，有浓郁的生活气息。“晴”字一语双关，写出了热恋中女子的心理，活泼隽永。

其二

杨柳青青江水平，闻郎江上唱歌声。
东边日出西边雨，道是无晴还有晴。

晴：与“情”谐音。

清 / 陆汉 /

仿赵鸥波春郊放牧（局部）

再游玄都观

刘禹锡

永贞革新失败，刘曾游玄都观，作诗一首。诗人被贬数年后返京，重游此观，写下此诗。世人皆言此诗乃讽刺昔日政敌之作，不尽然也，亦有自嘲之意，恐后者更甚。

百亩庭中半是苔，桃花净尽菜花开。
种桃道士归何处？前度刘郎今又来。

净尽：无存，没有。
刘郎：指作者自己。

石头城

刘禹锡

繁华归于尘土。作者借历史兴亡，感慨朝代更迭之无常。格调苍郁悲凉，力透纸册。无尽之言尽在一声叹息中，音缕不绝。

山围故国周遭在，潮打空城寂寞回。

淮水东边旧时月，夜深还过女墙来。

石头城：位于今江苏南京城西。

女墙：城墙上凹凸形的短墙。

清 / 郎世宁 / 　　仙萼长春图（局部）

乌衣巷

刘禹锡

此诗可冠咏金陵怀古诗作。近似白描，然意境阔远。初读不知诗中意，读懂已是诗中人。

朱雀桥边野草花，乌衣巷口夕阳斜。

旧时王谢堂前燕，飞入寻常百姓家。

乌衣巷：在今江苏南京城秦淮河边。

王谢：指王导和谢安。

明 / 仇英 / 桃源图卷（局部）

白居易（772—846）：

字乐天，号香山居士，又号醉吟先生，并州（今山西太原）人。他的诗歌题材广泛，形式多样，语言平易通俗。白居易有“诗魔”和“诗王”之称，是中唐时期影响极大的诗人，在中国诗史上占有重要的地位。

琵琶行

白居易

层层铺染，泣婉哀陈。诗人托妇寄情，只为引出“同是天涯沦落人”之感。人生不如意者，十之八九，此句极易共情，故能传唱千古。

浔阳江头夜送客，枫叶荻花秋瑟瑟。

主人下马客在船，举酒欲饮无管弦。

醉不成欢惨将别，别时茫茫江浸月。

忽闻水上琵琶声，主人忘归客不发。

寻声暗问弹者谁，琵琶声停欲语迟。

移船相近邀相见，添酒回灯重开宴。

千呼万唤始出来，犹抱琵琶半遮面。

转轴拨弦三两声，未成曲调先有情。

弦弦掩抑声声思，似诉平生不得志。

低眉信手续续弹，说尽心中无限事。

瑟瑟：枫叶、荻花被风吹动的声音。

掩抑：掩盖，遮挡。

轻拢慢捻(niǎn)抹复挑，初为《霓裳》后《六幺》。
大弦嘈嘈如急雨，小弦切切如私语。
嘈嘈切切错杂弹，大珠小珠落玉盘。
间关莺语花底滑，幽咽泉流冰下难。
冰泉冷涩弦凝绝，凝绝不通声渐歇。
别有幽愁暗恨生，此时无声胜有声。
银瓶乍破水浆迸(bèng)，铁骑突出刀枪鸣。
曲终收拨当心画，四弦一声如裂帛。
东船西舫(fǎng)悄无言，唯见江心秋月白。
沉吟放拨插弦中，整顿衣裳起敛容。
自言本是京城女，家在虾蟆(mò)陵下住。
十三学得琵琶成，名属教坊第一部。
曲罢曾教善才伏，妆成每被秋娘妒。
五陵年少争缠头，一曲红绡不知数。

嘈嘈：形容声音沉重。
迸：往外溅散。
五陵：西汉五陵。此指官宦之家。

diàn　　bì

钿头云篦击节碎，血色罗裙翻酒污。

今年欢笑复明年，秋月春风等闲度。

弟走从军阿姨死，暮去朝来颜色故。

门前冷落车马稀，老大嫁作商人妇。

商人重利轻别离，前月浮梁买茶去。

去来江口守空船，绕船月明江水寒。

夜深忽梦少年事，梦啼妆泪红阑干。

我闻琵琶已叹息，又闻此语重唧唧。

同是天涯沦落人，相逢何必曾相识！

我从去年辞帝京，谪居卧病浔阳城。

浔阳地僻无音乐，终岁不闻丝竹声。

pén

住近湓江地低湿，黄芦苦竹绕宅生。

其间旦暮闻何物，杜鹃啼血猿哀鸣。

春江花朝秋月夜，往往取酒还独倾。

钿头：镶金花的首饰。

云篦：珠宝装点的首饰。

唧唧：叹息声。

岂无山歌与村笛，呕哑嘲(zhā)哳难为听。
今夜闻君琵琶语，如听仙乐耳暂明。
莫辞更坐弹一曲，为君翻作琵琶行。
感我此言良久立，却坐促弦弦转急。
凄凄不似向前声，满座重闻皆掩泣。
座中泣下谁最多？江州司马青衫湿。

嘲哳：形容声音杂乱。
江州司马：指诗人白居易自己。

花非花

白居易

一般词学家以为词发端于晚唐，奉温庭筠和韦庄为鼻祖。实不尽然，特选录乐天这首，可见温、韦之前，已有诗人尝试创新变革。

花非花，雾非雾，夜半来，天明去。
来如春梦几多时？去似朝云无觅处。

几多时：短暂而美好。

赋得古原草送别

白居易

从自然万物更替，切换到历史兴亡，在这两者面前，人的进退、朋友的聚散，也只能顺其自然了。尽管依依不舍，离合也只能放下。“侵”和“接”妙用，妙在不可抗拒之力，听从命运安排，既有无奈，又知天命。

离离原上草，一岁一枯荣。

野火烧不尽，春风吹又生。

远芳侵古道，晴翠接荒城。

又送王孙去，萋萋满别情。

离离：青草茂盛。

侵：长满。

近现代 / 吴湖帆 /　　　涧底泉声（局部）

大林寺桃花

白居易

宋词取材之滥觞。但就此题材言，词不及诗活泼有趣。可见诗词体例不同，意境迥异，犹时空不同，风景则殊。同理也。

人间四月芳菲尽，山寺桃花始盛开。

长恨春归无觅处，不知转入此中来。

大林寺：在今江西庐山境内。

长恨：常常觉得可惜。

问刘十九

白居易

情不能至，酒香已飘溢。整个意境空灵唯美，诗人不忍拒绝小酌一杯的盛情，于是酒成了表达生活美学的一种雅意，一直至今。

绿蚁新醅酒，红泥小火炉。

晚来天欲雪，能饮一杯无？

绿蚁：浮在米酒上的绿色泡沫。

醅：酿造。

钱塘湖春行

白居易

章法疏荡，诗意迷离。一派春光乍泄之景。乐天之诗，曲尽音遗，常有意犹未尽之妙笔。

孤 山 寺 北 贾 亭 西，水 面 初 平 云 脚 低。
几 处 早 莺 争 暖 树，谁 家 新 燕 啄 春 泥。
乱 花 渐 欲 迷 人 眼，浅 草 才 能 没 马 蹄。
最 爱 湖 东 行 不 足，绿 杨 阴 里 白 沙 堤。

钱塘湖：即今浙江杭州的西湖。
没：盖过，超过。

清 / 王武 /　　花卉册（局部）

长恨歌

白居易

曲折动人，宛转流利。有声有情，可歌可泣。

汉皇重色思倾国，御宇多年求不得。
杨家有女初长成，养在深闺人未识。
天生丽质难自弃，一朝选在君王侧。
回眸一笑百媚生，六宫粉黛无颜色。
春寒赐浴华清池，温泉水滑洗凝脂。
侍儿扶起娇无力，始是新承恩泽时。
云鬓花颜金步摇，芙蓉帐暖度春宵。
春宵苦短日高起，从此君王不早朝。
承欢侍宴无闲暇，春从春游夜专夜。
后宫佳丽三千人，三千宠爱在一身。
金屋妆成娇侍夜，玉楼宴罢醉和春。
姊妹弟兄皆列土，可怜光彩生门户。
遂令天下父母心，不重生男重生女。

华清池：即华清池温泉，在今陕西西安市骊山下。
云鬓：女子盛美的头发。
列土：皇帝给宗亲或功臣分封土地，代指拜官封爵。

骊宫高处入青云，仙乐风飘处处闻。
缓歌慢舞凝丝竹，尽日君王看不足。
渔阳鼙(pí)鼓动地来，惊破霓裳羽衣曲。
九重城阙烟尘生，千乘万骑西南行。
翠华摇摇行复止，西出都门百余里。
六军不发无奈何，宛转蛾眉马前死。
花钿委地无人收，翠翘金雀玉搔头。
君王掩面救不得，回看血泪相和流。
黄埃散漫风萧索，云栈萦纡登剑阁。
峨嵋山下少人行，旌旗无光日色薄。
蜀江水碧蜀山青，圣主朝朝暮暮情。
行宫见月伤心色，夜雨闻铃肠断声。
天旋地转回龙驭，到此踌躇不能去。
马嵬(wéi)坡下泥土中，不见玉颜空死处。

骊宫：骊山华清宫。
翠华：翠鸟羽毛装饰的旗帜。
峨嵋山：位于四川。

〔日〕/ 狩野山雪 /

长恨歌图卷（局部）

君臣相顾尽沾衣，东望都门信马归。
归来池苑皆依旧，太液芙蓉未央柳。
芙蓉如面柳如眉，对此如何不泪垂。
春风桃李花开日，秋雨梧桐叶落时。
西宫南内多秋草，落叶满阶红不扫。
梨园弟子白发新，椒房阿监青娥老。
夕殿萤飞思悄然，孤灯挑尽未成眠。
迟迟钟鼓初长夜，耿耿星河欲曙天。
鸳鸯瓦冷霜华重，翡翠衾寒谁与共。
悠悠生死别经年，魂魄不曾来入梦。
临邛道士鸿都客，能以精诚致魂魄。
为感君王展转思，遂教方士殷勤觅。
排空驭气奔如电，升天入地求之遍。
上穷碧落下黄泉，两处茫茫皆不见。

椒房：后妃住的地方。用花椒和泥抹墙，故称椒房。

忽闻海上有仙山，山在虚无缥缈间。
楼阁玲珑五云起，其中绰约多仙子。
中有一人字太真，雪肤花貌参差是。
金阙西厢叩玉扃（jiōng），转教小玉报双成。
闻道汉家天子使，九华帐里梦魂惊。
揽衣推枕起徘徊，珠箔银屏迤逦开。
云髻半偏新睡觉，花冠不整下堂来。
风吹仙袂（mèi）飘飖举，犹似霓裳羽衣舞。
玉容寂寞泪阑干，梨花一枝春带雨。
含情凝睇谢君王，一别音容两渺茫。
昭阳殿里恩爱绝，蓬莱宫中日月长。
回头下望人寰处，不见长安见尘雾。
唯将旧物表深情，钿合金钗寄将去。
钗留一股合一扇，钗擘黄金合分钿。

袂：衣袖。
昭阳殿：汉成帝皇后赵飞燕之妹赵合德的寝宫。

〔日〕/ 狩野山雪 /

长恨歌图卷（局部）

但教心似金钿坚，天上人间会相见。

临别殷勤重寄词，词中有誓两心知。

七月七日长生殿，夜半无人私语时。

在天愿作比翼鸟，在地愿为连理枝。

天长地久有时尽，此恨绵绵无绝期。

比翼鸟：鸟名，据说只有雌雄并在一起才能飞。

连理枝：两棵树的枝干合生在一起。比喻情侣永不分离。

〔日〕/ 狩野山雪 / 长恨歌图卷（局部）

近现代 / 吴湖帆 / 松壑飞流（局部）

李绅（772—846）：

字公垂，无锡（今属江苏）人。与元稹、白居易交游甚密，为新乐府运动的倡导者和参与者。他青年时目睹农民终日劳作而不得温饱，以同情和愤慨的心情，写出《悯农二首》，流传甚广，千古传诵，被誉为“悯农诗人”。

悯农二首

李绅

此诗有“古风”之格，三岁孩童皆能咏。然稼穑之艰辛，今我等富贵者知乎？君不见奢靡之风，犹胜前人矣。

其一

春种一粒粟，秋收万颗子。
四海无闲田，农夫犹饿死。

其二

锄禾日当午，汗滴禾下土。
谁知盘中餐，粒粒皆辛苦。

粟：谷子。
闲：荒废的。
禾：谷类植物。

清 / 恽寿平 / 山水花卉神品册（局部）

柳宗元（773—819）：

字子厚，河东解（今山西运城西）人。“唐宋八大家”之一，世称“柳河东”“河东先生”，与王维、孟浩然、韦应物并称“王孟韦柳”。推崇古文运动，他的诗题材广泛，体裁多样，寓意深刻。

江雪

柳宗元

清绝千古，独步诗林。美学殿堂里，亦有一席之地。

千山鸟飞绝，万径人踪灭。

孤舟蓑笠翁，独钓寒江雪。

万径：千万条路。

清 / 陆汉 /

仿赵大年荷荡薰风（局部）

清 / 张若霭 / 花鸟册页（局部）

李涉（生卒年不详）：

自号“清溪子”，洛阳（今属河南）人。他有才华，却一生仕途不顺，在遭遇流放期间，情绪极其消沉，一日在登镇江南山时与高僧的闲聊之中，解开了苦闷的心结，为了抒发内心的感慨，作《题鹤林寺僧舍》。

题鹤林寺僧舍

李涉

末句是点睛之笔。浮生半日，方可得闲趣，僧话亦是禅语。

终日昏昏醉梦间，忽闻春尽强登山。

因过竹院逢僧话，又得浮生半日闲。

鹤林寺：在今江苏省镇江市，南郊著名古寺之一。

强：勉强。

清 / 任伯年 / 花鸟蔬果（局部）

施肩吾（约 780—约 861）：

字希圣，号东斋，睦州分水（今浙江桐庐西北）人。他幼年家贫，不畏劳苦，每日上山识字习文，一生与诗歌同行，他的诗歌、著作都极为丰富。

幼女词

施肩吾

妙趣横生，心之灿然。舐犊之情深也。

幼女才六岁，未知巧与拙。
向夜在堂前，学人拜新月。

向夜：入夜。

清 / 蒋淑 /　　临蒋廷锡花卉图（局部）

崔郊（生卒年不详）：

元和间秀才。据记载，其寓居在襄州姑母家，因姑家婢女姿容秀丽，崔郊与婢女互生爱恋，但姑母却将婢女卖给襄州司空于頔，崔郊对婢女念念不忘，寒食节那天，他在司空府邸外等到外出的恋人，于是写下诗《赠婢》，于頔读到此诗，召来崔郊将婢女领去并赠予钱财，成就了这段姻缘，传为诗坛佳话。

赠婢

崔郊

不名一文之人，因一诗而名动天下，抱得美人归，后世鲜见。“侯门似海”“萧郎陌路”两个成语，皆源于此。

公子王孙逐后尘，绿珠垂泪滴罗巾。
侯门一入深似海，从此萧郎是路人。

后尘：身后的尘土。

侯门：权贵之家。

萧郎：原指梁武帝萧衍，后泛指有情郎，此指作者自己。

近现代 / 黄宾虹 / 松雪诗意图（局部）

元稹（779—831）：

字微之，别字威明，河南（今河南洛阳）人。他在诗歌、小说、散文、文学批评等方面都卓有成就，而以诗歌成就最突出。他的诗精炼，字少而意多，举一而反三，善于用简短的语句表现出深刻的意思。

行宫

元稹

以红衬衰，倍见凄凉。“闲”字妙绝，暗寓人生盛衰，无怨无悔，皆是自然规律，早已置身事外。读之，余味无穷。

寥落古行宫，宫花寂寞红。

白头宫女在，闲坐说玄宗。

寥落：冷落荒芜。

清 / 虚谷 /

花鸟册（局部）

离思

元稹

此诗为悼亡妻而作。世人多以微之滥情，故言此诗为矫情之作。非也，情种亦深情，而非专情。整诗跌宕起伏，失妻之痛，若江河席卷，以退为进，以曲为直，层层铺垫，步步推进，有意拉开情感空间之悬殊，结尾处，突然反转，一纾前之压抑情感，一波三折，出神入化。半空旋回哀鸣，犹对亡魂悲泣直诉，久久回响。

曾经沧海难为水，除却巫山不是云。

取次花丛懒回顾，半缘修道半缘君。

取次：此指随便经过的意思。

君：此指诗人亡妻。

清 / 石涛 /　　对菊图（局部）

清 / 任伯年 /　　花卉册页（局部）

贾岛（779—843）：

字阆仙，一作浪仙，自号“碣石山人”，范阳（今河北涿州市）人。人称“诗奴”。他一生穷愁，苦吟作诗，其诗多写荒凉枯寂之境，长于五律，与孟郊齐名，后人以“郊寒岛瘦”喻其诗之风格。

题李凝幽居

贾岛

虽幽奇，却似老僧枯语，无烟火气，非常人可学。

闲居少邻并，草径入荒园。

鸟宿池边树，僧敲月下门。

过桥分野色，移石动云根。

暂去还来此，幽期不负言。

幽期：归隐的约期。

负言：食言。

忆江上吴处士

贾岛

诗运即国运。秋风生渭水，落叶满长安。虽浑雄，亦萧瑟。可见盛唐繁华，一去不返。

闽国扬帆去，蟾蜍亏复圆。

秋风生渭水，落叶满长安。

此地聚会夕，当时雷雨寒。

兰桡(ráo)殊未返，消息海云端。

处士：指隐居不入仕的人。这里的吴处士是作者的朋友。

蟾蜍：蛤蟆。神话传说中月亮里有蟾蜍，此代指月亮。

兰桡：用木兰树做的船桨，代指船。

清 / 王概 / 芥子园画谱（局部）

近现代 / 齐白石 / 春坞纸鸢图（局部）

张祜（hù）（约 785—约 852）：

字承吉，贝州清河（今属河北）人。他家世显赫，被人称作“张公子”，有“海内名士”之誉。一生在诗歌创作上取得了卓越的成就，诗多写落拓不遇的情怀和隐居生活。

宫词

张祜

满腔哀沉，举重若轻，尤其动容。

故国三千里，深宫二十年。

一声《何满子》，双泪落君前。

故国：故乡。

《何满子》：唐教坊曲名。歌者何满子临刑前所作。

题金陵渡

张祜

三两点染，遂成绝唱。犹水墨之画，远近有致，点面参差，点到为止。羁旅悠悠之意，回味不尽。

金陵津渡小山楼，一宿行人自可愁。

潮落夜江斜月里，两三星火是瓜州。

金陵渡：在今江苏省镇江市西津渡。

瓜州：在今江苏扬州境内，与镇江市隔江相对。

纵游淮南

张祜

自古咏扬州诗作，千姿百态。此诗另辟蹊径，一言以蔽之，生死寄托，独步古今。“人生只合扬州死”和“烟花三月下扬州”可并称扬州象征的“诗坛双璧”。

十里长街市井连，月明桥上看神仙。

人生只合扬州死，禅智山光好墓田。

清 / 张若霭 / 花鸟册页（局部）

朱庆余（生卒年不详）：

名可久，越州（治今浙江绍兴）人。其诗学张籍，诗意清新，描写细致，内容则多写个人日常生活。曾作《闺意献张水部》作为参加进士考试的“通榜”，增加中进士的机会，据说张籍读后大为赞赏。

闺意献张水部

朱庆余

人生三大快事：一曰他乡遇故知，一曰洞房花烛夜，一曰金榜题名时。此诗一箭三雕，以新嫁之妇喻待榜进士，诗人和张水部为近邻，可算同乡故知。人生三大快事，囊括其中，唐诗鲜见。尾句别出心裁，语意恳切又妥帖活泼，请求主考官张水部关照自己应试，殷切之情，跃然纸上。

洞房昨夜停红烛，待晓堂前拜舅姑。

妆罢低声问夫婿：画眉深浅入时无？

停：置留。

近现代 / 吴湖帆 / 翠岫琼林（局部）

李贺（约 790—约 816）：

字长吉，福昌（今河南宜阳）人。中唐到晚唐诗风转变期的代表人物。他仕途不顺，热心于诗歌创作，作品慨叹生不逢时、内心苦闷，抒发对理想抱负的追求，诗作想象极为丰富，托古喻今。后人誉为“诗鬼”。

雁门太守行

李贺

奇崛沉雄，诡异莫测。长吉诗，鬼斧神工，胸藏万壑，险峻清削。悲歌泣立，气绝魂去，久久不散。

黑云压城城欲摧，甲光向日金鳞开。

角声满天秋色里，塞上燕脂凝夜紫。

半卷红旗临易水，霜重鼓寒声不起。

报君黄金台上意，提携玉龙为君死。

雁门：在今山西境内。

声不起：鼓声低沉。

马诗

李贺

诗人借千里马自喻，然千里马常有，而伯乐难遇。全诗铿锵寄志，拳拳之心，闪跃纸上。

大漠沙如雪，燕山月似钩。

何当金络脑，快走踏清秋。

金络脑：用黄金装饰的辔头。

踏：驰骋。

清 / 恽寿平 /　　雁来红（局部）

近现代 / 吴湖帆 / 古松溪泉（局部）

杜秋娘（生卒年不详）：

一说为金陵（今江苏南京）人。部分唐诗选本说《金缕衣》为杜秋娘所作，也有版本说为无名氏所写歌词，杜秋娘演唱。

金缕衣

杜秋娘

莫负好时光。

劝君莫惜金缕衣，劝君须惜少年时。

花开堪折直须折，莫待无花空折枝。

杜秋娘

金缕衣：用金线编织的衣服，比喻荣华富贵。

清 / 佚名 / 工笔花鸟图册（局部）

徐凝（生卒年不详）：

睦州（今浙江建德）人。他与元稹、白居易友善，日共吟咏，初游长安，因不愿炫耀才华，没有拜谒诸显贵，竟不成名。其诗朴实无华，意境高远，笔墨流畅、自然。

忆扬州

徐凝

唐诗三分扬州，一曰李白之“烟花三月下扬州”，一曰张祜之“人生只合扬州死”，一曰徐凝之“天下三分明月夜”，皆独出机杼，传唱至今。

萧娘脸薄难胜泪，桃叶眉长易觉愁。

天下三分明月夜，二分无赖是扬州。

萧娘：男子对所爱的女子的称呼。

脸薄：容易害羞。

清 / 恽寿平 /

花果图（局部）

清 / 任伯年 /　　玫瑰双禽图（局部）

许浑（生卒年不详）：

字用晦，润州丹阳（今属江苏）人。晚唐最具影响力的诗人之一，其一生不作古诗，专攻律体，题材以怀古、田园为主，艺术则以偶对整密、诗律纯熟为特色，五、七律尤多，句法圆熟工稳，声调平仄自成一格，即所谓“丁卯体”。诗多写“水”，故有“许浑千首湿”之称。

咸阳城西楼晚眺

许浑

诗如其人名，些许浑厚，清丽潇洒，秦汉秋宫，皆为故国。今夕昔夕，明夕复今夕。渭水东流，带走多少往事。结尾处，虽悲沉，然古意悠悠不尽。

一上高城万里愁，蒹葭杨柳似汀洲。

溪云初起日沉阁，山雨欲来风满楼。

鸟下绿芜秦苑夕，蝉鸣黄叶汉宫秋。

行人莫问当年事，故国东来渭水流。

咸阳：秦朝都城，在今陕西境内。

清 / 余省、张为邦 / 临蒋廷锡鸟谱（局部）

杜牧（803—约 853）：

字牧之，京兆万年（今陕西西安）人。世称“小杜”。他的诗、文均有盛名，诗作明丽隽永，绝句诗尤受人称赞。他善于捕捉自然景物中美的形象，描写含蓄精炼，情景交融，在整个唐代诗坛有很高的成就。

过华清宫

杜牧

一笑倾城，再笑倾国。杜之“商女不知亡国恨”，亦有此意。貌有过？曲有罪？社稷兴亡，岂弱女子可堪任？

长安回望绣成堆，山顶千门次第开。

一骑红尘妃子笑，无人知是荔枝来。

清 / 郎世宁 / 仙萼长春图（局部）

江南春

杜牧

南朝旧事，庙宇楼台，早成残垣，在烟雨中，诉说过往。诗人借古讽今，本意劝谏，凄美却自成一格。烟雨之中，人欲佛心，欲弃愈陷，终致叹息迷离。此恐非诗人所预料也。

千里莺啼绿映红，水村山郭酒旗风。

南朝四百八十寺，多少楼台烟雨中。

齐安郡中偶题

杜牧

绿荷倚恨，浓抹淡妆之妙语。

两竿落日溪桥上，半缕轻烟柳影中。

多少绿荷相倚恨，一时回首背西风。

赤壁

杜牧

诗人借曹操怀古，亦有吞吐八荒之壮志，建功立业，抱得美人归。然怀才不遇，使竖子成名。笔力峭峻，似胸有不平之音奏响。

折戟沉沙铁未销，自将磨洗认前朝。
东风不与周郎便，铜雀春深锁二乔。

泊秦淮

杜牧

首句亡国之象，二句亡国之事，三句亡国之人，尾句亡国之音，故秦淮乃亡国之题矣，一气呵成，遂成绝唱。

烟笼寒水月笼沙，夜泊秦淮近酒家。

商女不知亡国恨，隔江犹唱《后庭花》。

商女：卖唱的歌女。

《后庭花》：歌曲《玉树后庭花》的简称。南朝陈后主曾作此曲与后宫美女作乐寻欢，最终亡国，所以后世称此曲为“亡国之音”。

题乌江亭

杜牧

以假设之状，翻前人盖棺之论，故能常出别开生面之语。小杜惯用之技耳。

胜败兵家事不期，包羞忍耻是男儿。

江东子弟多才俊，卷土重来未可知。

乌江亭：在今安徽和县境内。

包羞忍耻：忍辱负重，能屈能伸。

清 / 吴宏 /

燕子矶莫愁湖二景图（局部）

寄扬州韩绰判官

杜牧

十里扬州，箫声犹响。

青山隐隐水迢迢，秋尽江南草未凋。

二十四桥明月夜，玉人何处教吹箫？

清 / 郎世宁 /　　仙萼长春图（局部）

赠别二首

杜牧

艳丽多姿。杜以济世之才自负，然时运不佳，常流连青楼，消愁自娱。杜诗对晚唐乃至宋词婉约一派，影响颇深。

其一

pīng
娉娉袅袅十三余，豆蔻梢头二月初。
春风十里扬州路，卷上珠帘总不如。

其二

多情却似总无情，唯觉樽前笑不成。
蜡烛有心还惜别，替人垂泪到天明。

娉娉袅袅：形容女子姿态美好。

遣怀

杜牧

以“薄幸”而成绝唱，见容于唐诗，实乃杜之幸。

落魄江湖载酒行，楚腰纤细掌中轻。

十年一觉扬州梦，赢得青楼薄幸名。

楚腰：美人的细腰。

薄幸：薄情。

山行

杜牧

清丽雅致，灿烂繁华，亦有浩然之气。

远上寒山石径斜，白云生处有人家。

停车坐爱枫林晚，霜叶红于二月花。

清 / 赵之谦 /　　花卉册（局部）

清明

杜牧

凄迷纷离，似真似幻，别具一番韵致。此诗吟咏至今，俨然已成清明节诗意的寄托。

清明时节雨纷纷，路上行人欲断魂。
借问酒家何处有，牧童遥指杏花村。

断魂：情绪低落，落魄。

金谷园

杜牧

落花犹似，神思飘远，怅然不绝。

繁华事散逐香尘，流水无情草自春。

日暮东风怨啼鸟，落花犹似坠楼人。

金谷园：在今河南洛阳。

坠楼人：指西晋富豪石崇爱姬绿珠殉情跳楼而死。

清 / 陆汉 /

仿六如先生笔兰亭修禊（局部）

清 / 余省、张为邦 / 临蒋廷锡鸟谱（局部）

温庭筠（？—约 866）：

原名岐，字飞卿，太原（今属山西）人。他精通音律，诗词兼工，其诗辞藻华丽，浓艳精致，内容多写闺情，注重文采和声情，为花间派首要词人，被尊为花间派之鼻祖。

商山早行

温庭筠

晓月已然清幽，早霜更见凄冷，远离故土几复心寒。“鸡声茅店月，人迹板桥霜。”寥寥数语，道尽人到中年谋生之艰难，极易引起共鸣。

晨起动征铎(duó)，客行悲故乡。

鸡声茅店月，人迹板桥霜。

槲(hú)叶落山路，枳花明驿墙。

因思杜陵梦，凫(fú)雁满回塘。

征铎：挂在马脖子上的铃铛。

凫：野鸭。

过分水岭

温庭筠

对溪生情，飞卿不愧为情种乎。宋人杨万里借此诗，反其意而用之：“拦得溪声日夜喧。”双溪之作，殊途同归，足可并立诗林。

溪水无情似有情，入山三日得同行。

岭头便是分头处，惜别潺湲一夜声。

分水岭：指分隔相邻两个流域的山，此指陕西略阳县的嶓冢山。

清 / 任伯年 / 花卉册（局部）

明 / 仇英 /　　桃源图卷（局部）

陈陶（生卒年不详）：

字嵩伯，自号“三教布衣”。他屡举进士不第，遂隐居不仕，故他的诗以平淡见称，被评价“无一点尘气”。

陇西行

陈陶

雄健不减盛唐之边塞诗风。然大唐国运衰微，诗人开始了对战争的反思："可怜无定河边骨。"战争之惨烈由此可见。作者没有继续深入，笔锋一转荡开，那些已成白骨的战士，他们的妻子还在春梦里和他们相见。梦到闺深处，亦悲至极致。

誓扫匈奴不顾身，五千貂锦丧胡尘。

可怜无定河边骨，犹是春闺梦里人。

貂锦：此指战士。

春闺：此指战士的妻子。

清 / 任伯年 /

临周少谷花卉（局部）

近现代 / 吴昌硕 / 富贵吉祥（局部）

李商隐（约 813—约 858）：

字义山，号玉谿生，怀州河内（今河南沁阳）人。他是晚唐乃至整个唐代为数不多的刻意追求诗美的诗人，其诗构思新奇，风格浓丽，尤其是一些爱情诗和无题诗写得缠绵悱恻，优美动人，广为传诵。

锦瑟

李商隐

此诗历来难解，众说纷纭，各执其理。以吾观之，无解正是其解，义山众多诗作，本常以无题命名，适得其名。此诗可冠唐代之“朦胧诗”。许多时候，思绪遨游，诗之意境，宛烟波飘渺，了无影踪。只可意会，言传牵强则荡然无味矣。诚如尾联所言：“此情可待成追忆，只是当时已惘然。”情如此，诗亦然。

锦瑟无端五十弦，一弦一柱思华年。
庄生晓梦迷蝴蝶，望帝春心托杜鹃。
沧海月明珠有泪，蓝田日暖玉生烟。
此情可待成追忆，只是当时已惘然。

无端：没来由地。
惘然：失意的样子。

近现代 / 徐悲鸿 /　　梧桐猫蝶图轴（局部）

乐游原

李商隐

伤怀中也有知命旷达。岁月不可抗拒，弹指容颜老，刹那芳华，也是每个人之暮年的真实心理写照。

向晚意不适，驱车登古原。

夕阳无限好，只是近黄昏。

乐游原：又名乐游苑，在今陕西西安境内。

向晚：傍晚。

夜雨寄北

李商隐

环环相扣，情情共生。遥想来日之欢愉，反衬今日之孤寂，可见思念之切，倾情之深。

君问归期未有期，巴山夜雨涨秋池。

何当共剪西窗烛，却话巴山夜雨时。

近现代 / 傅抱石 / 无限风光在险峰（局部）

宿骆氏亭寄怀崔雍崔衮

李商隐

清人曹雪芹借《红楼梦》林黛玉口，言道：不喜李义山诗，只爱一句“留得枯荷听雨声”。可见枯荷之美，以李为滥觞，至今犹尚，明末八大山人尤喜画枯荷，衰飒之美，自得风致。

竹坞无尘水槛清，相思迢递隔重城。

秋阴不散霜飞晚，留得枯荷听雨声。

迢递：高远。

无题

李商隐

回旋长叹，犹空谷足音。

来是空言去绝踪，月斜楼上五更钟。
梦为远别啼难唤，书被催成墨未浓。
蜡照半笼金翡翠，麝熏微度绣芙蓉。
刘郎已恨蓬山远，更隔蓬山一万重！

麝：麝香。

无题

李商隐

千回百转，一步一顾，情之难舍。“蓬山此去无多路”可见人之残年，已是生死之别。“青鸟殷勤为探看”亦不过是虚幻之慰语耳。

相见时难别亦难，东风无力百花残。
春蚕到死丝方尽，蜡炬成灰泪始干。
晓镜但愁云鬓改，夜吟应觉月光寒。
蓬山此去无多路，青鸟殷勤为探看。

贾生

李商隐

肺腑之言倾出，语愤而情切，悲楚泣绝。

宣室求贤访逐臣，贾生才调更无伦。

可怜夜半虚前席，不问苍生问鬼神。

贾生：西汉文学家、政治家贾谊。

逐臣：被贬谪的贤臣。

清 / 陆汉 /

桃源问津（局部）

清 / 张若霭 / 花鸟册页（局部）

罗隐（833—约 910）：

原名罗横，字昭谏，世称“罗给事”，一说为杭州新城（今浙江富阳）人。其诗语言精警通俗，诗句脍炙人口，很多都成为经典名言，千古流传。

赠妓云英

罗隐

尾句非讽之语，乃不平之音。两人饱经人世沧桑，无限辛酸。此句和白居易“同是天涯沦落人”有异曲同工之妙。

钟陵醉别十余春，重见云英掌上身。

我未成名君未嫁，可能俱是不如人？

钟陵：县名，即今江西进贤。

掌上身：形容体态轻盈窈窕。

西施

罗隐

此诗看似是为西施翻案，实为自己怀才不遇，鸣不平之曲意，为愤慨怨言之作。

家国兴亡自有时，吴人何苦怨西施。

西施若解倾吴国，越国亡来又是谁？

蜂

罗隐

此诗本意遥深寄慨，然时代变迁，意境变异，尾句已成辛苦劳作之代言。

不论平地与山尖，无限风光尽被占。

采得百花成蜜后，为谁辛苦为谁甜？

近现代 / 吴湖帆 / 翠幄仙姿（局部）

自遣

罗隐

酒入愁肠，满腔悲愤。借酒言诗，得太白真传也。

得即高歌失即休，多愁多恨亦悠悠。

今朝有酒今朝醉，明日愁来明日愁。

得：有机会。

近现代 / 吴昌硕 / 枇杷图（局部）

皮日休（约 838—约 883）：

字袭美，襄阳竟陵（今湖北天门）人。他出身寒微，参加过黄巢农民起义，故其诗文兼有奇朴二态，多为同情民间疾苦之作，对于社会民生有深刻的洞察和思考。

汴河怀古

皮日休

立论精辟，虽崛亦正，自成一格。观古今，不因人废事，亦非因事废人，难矣。

尽道隋亡为此河，至今千里赖通波。

若无水殿龙舟事，共禹论功不较多？

汴河：通济渠。

清 / 赵之谦 /

花卉册（局部）

明 / 仇英 /　　赤壁图卷（局部）

韦庄（约 836—约 910）：

字端己，长安杜陵（今陕西西安东南）人。他工诗，诗作情致深婉、包蕴丰厚，善用白描手法，风格清丽。为花间派代表作家，在唐末诗坛上有重要地位。

台城

韦庄

怀古凭吊，刘禹锡为最佳。然此诗不输刘氏。昔日盛唐之诗，星汉灿烂。然国衰诗随，易咏凄凉之景。诗中六朝如梦，亦大唐如梦，诗之感慨，既在诗外，亦在诗内。唐之绝音，自韦庄以降，日渐稀远，终至如梦空啼。然中华文明绵延不绝，非朝代更迭可灭，唐诗之魂，历经晚唐及五代之融合、变革、锤炼，至宋一代，词兴起，遂成巍巍之气象，终成和唐诗并峙的两座高峰。

江雨霏霏江草齐，六朝如梦鸟空啼。

无情最是台城柳，依旧烟笼十里堤。

台城：旧址在今江苏南京城内。

近现代 / 吴昌硕 / 兰草图（局部）

黄巢（约 820—884）：

曹州冤句（今山东菏泽）人。唐朝末年农民起义领袖。他出身盐商家庭，粗通笔墨。

菊花

黄巢

帝王气象，一反菊之高远淡泊。可见自然万物，本无定论，成者枭雄，败者大盗。

待到秋来九月八，我花开后百花杀。

冲天香阵透长安，满城尽带黄金甲。

杀：凋谢，枯萎。

黄金甲：指如同铠甲般金黄色的菊花。

清 / 陆汉 /

抚醉翁亭（局部）

清 / 张若霭 / 花鸟册页（局部）

聂夷中（837— ？）：

字坦之，一说为河南中都（今河南沁阳）人。他出身贫寒，备尝艰辛，其诗语言朴实，辞浅意哀。不少诗作对广大田家农户的疾苦寄予极为深切的同情。

伤田家

聂夷中

洗尽铅华，愈寡愈寒。晚唐之真实写照。犹《国风》，诗史也。

二月卖新丝，五月粜（tiào）新谷。

医得眼前疮，剜（wān）却心头肉。

我愿君王心，化作光明烛。

不照绮罗筵，只照逃亡屋。

粜：卖出粮食。

眼前疮：指眼前的苦难。

剜却：挖掉。

绮罗：华贵的衣服，代指富贵人家。

筵：宴席。

清 / 张若霭 / 花鸟册页（局部）

高蟾（生卒年不详）：

河朔（今河北一带）人。他出身寒素，诗风与李白相似。他喜爱用叠字与其他字词搭配，这是他诗歌的独特之处。

金陵晚望

高蟾

无从下笔。一曰：悲不能已；二曰：画景易，摹心难。

曾伴浮云归晚翠，犹陪落日泛秋声。

世间无限丹青手，一片伤心画不成。

丹青手：画师。

近现代 / 吴昌硕 / 花卉四条屏（局部）

章碣（约 836—约 905）：

睦州桐庐（今属浙江）人。他曾作七绝《焚书坑》，层层推进，自然圆转，巧妙地讽刺了秦始皇的荒唐行为。

焚书坑

章碣

诗风辛辣，雄健精深。极尽讽刺之能，言不虚发。

竹帛烟销帝业虚，关河空锁祖龙居。

坑灰未冷山东乱，刘项原来不读书。

焚书坑：秦始皇烧毁诗书的地方，故址在今陕西西安市临潼区。

刘项：刘邦和项羽。

清 / 华岩 / 新罗山人山水神品（局部）

曹松（生卒年不详）：

字梦征，舒州（今安徽潜山）人。他生活在社会底层，同情劳动人民的苦难，憎恶战争。其诗作风格似贾岛，工于铸字炼句，内容精炼隽永，意境深幽。

己亥岁

曹松

“一将功成万骨枯。”语直意警，可冠反战诗之首。

泽国江山入战图，生民何计乐樵苏。

凭君莫话封侯事，一将功成万骨枯。

生民：百姓。

莫话：不要再提。

明 / 仇英 / 桃源图卷（局部）

崔道融（？—约 907）：

荆州（今湖北江陵）人。他擅长作诗，存诗皆为佳句，诗的风格或清新，或凝重，比较多样，善于捕捉和表现事物瞬间细微的变化，穷形尽相，快心露骨。

溪上遇雨

崔道融

唐诗之盛景，无论是边塞、怀古、抒情，还是托诗言志，至晚唐，俱已式微。诗人唯另辟蹊径。一方面以体例变革，另外一方面，以题材创新拓展，以诗言生活情趣，就应运而生，历经数年演化、迭进，至宋竟洋洋大观，自成葳蕤。此诗即为明证。两宋苏轼、朱熹、杨万里诗中意趣皆由此肇兴，故特录之。

坐看黑云衔猛雨，喷洒前山此独晴。

忽惊云雨在头上，却是山前晚照明。

衔：含着，带着。

却是：突然发现。

近现代 / 冯超然、吴湖帆 /　　春竹沁馆图（局部）

于武陵（生卒年不详）：

京兆杜曲（今陕西西安）人。他一生仕途不达，沉沦下僚，他的诗风悠扬沉郁，意味深长。

劝酒

于武陵

失意人，作豪放语。悲乎？幸乎？

劝君金屈卮（zhī），满酌不须辞。

花发多风雨，人生足别离。

足：历尽。

近现代 / 齐白石 / 霞绮横琴图（局部）

郑谷（约 851—约 910）：

字守愚，袁州宜春（今属江西）人。其诗清婉明白，清新通俗，轻巧流利，多写景咏物、别离，以及表达士大夫的闲情逸致。

淮上与友人别

郑谷

古人送别，实为别友，尾句实写双别之意，天涯南北，愈别愈远，而未来茫茫不可期，黯然伤感无可复加。可谓一处伤别，两端惆怅。

扬子江头杨柳春，杨花愁杀渡江人。
数声风笛离亭晚，君向潇湘我向秦。

扬子江：长江在江苏镇江、扬州一带的干流。
愁杀：愁坏了。

清 / 石涛 / 花卉册（局部）

杜荀鹤（约 846—约 904）：

字彦之，自号“九华山人”，池州石埭（今安徽石台）人。他出身寒微，一生以诗为业，自说“乍可百年无称意，难教一日不吟诗”。他是晚唐著名的现实主义诗人，提倡诗歌要继承风雅传统，反对浮华，其诗作平易自然，朴实明畅，清新秀逸。

春宫怨

杜荀鹤

作者托宫女自喻。“风暖”一联俱佳，人之欣喜，随心起舞，触目处，盎然无限。风暖之景，已写昔日，而尾联实际也写今日之昔日，实属累笔。

早被婵娟误，欲妆临镜慵。
承恩不在貌，教妾若为容？
风暖鸟声碎，日高花影重。
年年越溪女，相忆采芙蓉。

婵娟：美丽容貌。
承恩：蒙恩受幸。

近现代 / 齐白石 / 竹院围棋图（局部）

王贞白（生卒年不详）：

字有道。其诗笔致清婉，清俊自得，有独到之处。

白鹿洞二首

王贞白

“一寸光阴一寸金。”劝诫世人的至理名言，千古传诵。

其一

读书不觉已春深，一寸光阴一寸金。

不是道人来引笑，周情孔思正追寻。

其二

一上西园避暑亭，芰(jì)荷香细午风轻。

眼前物物皆佳兴，并作吟窝一味清。

此二首从清余姚邵启贤辑、武昌陶氏刊本《王贞白诗》中补得。邵氏序谓此二首系据家刻本续补，《全唐诗》所未收。

白鹿洞：即白鹿洞书院，位于今江西九江庐山五老峰下。

吟窝：写诗文的地方，写作材料。

清 / 石涛 / 花卉册（局部）

花蕊夫人（约 883—926）：

此处的花蕊夫人姓徐，一说姓费。后蜀后主孟昶的贵妃。尤长于宫词，其宫词描写的生活场景极为丰富，用语以浓艳为主，但也偶有清新朴实之作。

述国亡诗

花蕊夫人

倘杜牧晚亡数十年，读到此诗，不知该作何感慨。国之重器，一妇人安能左右？进言之，又岂是一男儿可亡？怪哉。能亡国之人，定是秉持国政之主。干他人何事？唐诗之衰，乃国运所致。江山更替，更领风骚。无唐诗，不宋词。中华文化生生不息，绵延不绝。

君王城上竖降旗，妾在深宫那得知？

十四万人齐解甲，更无一个是男儿。

明 / 仇英 /

桃源图卷（局部）

君生我未生

无名氏

恨不相逢，造化弄人。恨之切，情愈深。通篇白语，满纸情话。

君生我未生，我生君已老。

君恨我生迟，我恨君生早。

此诗为唐代铜官窑瓷器题诗，作者不详，可能是陶工自己的创作或当时流行的里巷歌谣。该瓷器出土于湖南长沙铜官窑窑址，见陈尚君辑校《全唐诗补编》。

清 / 恽寿平 / 花果图（局部）

傅　野

原名傅廷成。学者，作家。江苏金湖县人。生于 20 世纪 70 年代。人文主义叙述大历史的积极倡导者和实践者。

出版作品：《民国情事》、《国家救赎》、《大危局》、《乐府》（选注）、《宋词》（选注）等。

石　涛（1641—约 1718）

明末清初画家，广西桂林人。他的绘画风格淋漓洒脱，不拘小处瑕疵，作品具有一种豪放郁勃的气势，以奔放之势见胜。作品有《山水清音图》《竹石图》等。

齐白石（1864—1957）

近现代绘画大师，湖南湘潭人。他擅画花鸟、虫鱼，亦画山水、人物，笔墨纵横朴健，色彩浓艳明快，造型简练生动，意境淳厚朴实。作品有《石门二十四景图》《万竹山居图》等。

唐诗

○

笔记本

清 / 陈枚 / 山水楼阁图册（局部）

海内存知己，天涯若比邻。——《送杜少府之任蜀川》王勃

近现代 / 傅抱石 /　　无限风光在险峰（局部）

海上生明月，天涯共此时。——《望月怀远》张九龄

清 / 王时敏 / 杜甫诗意图册（局部）

愿君多采撷，此物最相思。——《相思》王维

近现代 / 吴湖帆 / 霜林烟浦（局部）

天生我材必有用，千金散尽还复来。——《将进酒》李白

明 / 仇英 / 枫溪垂钓图（局部）

人生在世不称意，明朝散发弄扁舟。——《宣州谢朓楼饯别校书叔云》李白

近现代 / 陈少梅 / 仿刘松年松泉图（局部）

莫愁前路无知己，天下谁人不识君？——《别董大》高适

清 / 佚名 /　工笔花鸟图册（局部）

烽火连三月，家书抵万金。——《春望》杜甫

清 / 陈枚 / 山水楼阁图册（局部）

忽如一夜春风来，千树万树梨花开。——《白雪歌送武判官归京》
岑参

清 / 石涛 / 对菊图（局部）

姑苏城外寒山寺，夜半钟声到客船。——《枫桥夜泊》张继

清 / 王时敏 / 杜甫诗意图册（局部）

沉舟侧畔千帆过，病树前头万木春。——《酬乐天扬州初逢席上见赠》刘禹锡

清 / 石涛 / 赠刘石头山水册（局部）

野火烧不尽，春风吹又生。——《赋得古原草送别》白居易

清 / 王时敏 /　　仿北宋赵令穰江乡清夏图（局部）

侯门一入深似海，从此萧郎是路人。——《赠婢》崔郊

近现代 / 吴湖帆 /　　翠岫琼林（局部）

曾经沧海难为水，除却巫山不是云。——《离思》元稹

清 / 石涛 /　　赠刘石头山水册（局部）

商女不知亡国恨，隔江犹唱《后庭花》。——《泊秦淮》杜牧